ÉTIENNE DURAND

(H. VERLY)

SOUVENIRS

D'UNE

1014 2

Vieille Barbe

POLITIQUES ET PITTORESQUES

[1846-1889]

LILLE

LIBRAIRIE CENTRALE

8, Grande-Place, 8

—

1892

SOUVENIRS

D'UNE

VIEILLE BARBE

ÉTIENNE DURAND
(H. VERLY)

SOUVENIRS

D'UNE

Vieille Barbe

POLITIQUES ET PITTORESQUES

[1846-1889]

LILLE
LIBRAIRIE CENTRALE
8, Grande-Place, 8

1892

PRÉFACE

à la mémoire d'Achille Testelin.

Lille, août 1891.

Encore un des vétérans qui vient de répondre à l'appel mystérieux de la Mort. Il n'en
reste plus guère sur la terre de Flandre et
d'Artois, de ceux qui ont été les fidèles de
l'idée libérale aux jours sombres de la domi-
nation césarienne !

Leurs cadets, ceux qui ont appris à leur
école et servi sous leurs ordres, sont encore
nombreux, sinon tous bien portants ; mais les
vieux, combien en survit-il en dehors de M. Catel-Béghin, l'ancien maire de Lille, et des
deux ou trois autres qui achèvent, ignorés dans
la retraite, leur vie autrefois agitée ?

Heureux encore ceux d'entre eux qui ont pu voir la terre promise et assister, comme Testelin, au triomphe définitif de la République. Mais combien ont tristement trépassé avant l'heure de l'apothéose, dans l'incertitude de l'avenir, découragés, se demandant s'ils ne s'étaient pas trompés de route et si vraiment leur idéal était réalisable en France !

La plupart de mes jeunes lecteurs ne connaissent même plus de nom ces modestes et vaillants soldats d'une idée, tombés pendant les combats d'avant-garde. Et pour nombre d'autres, il faut un événement comme celui qui a marqué cette semaine* pour évoquer le souvenir d'hommes qui ont pourtant joué chez nous un rôle public, la grave et noble figure du docteur Godefroy, la jovialité spirituelle d'Honnorat et de Bianchi, le maigre individu du peintre Lallou, qui ressemblait à un bravo italien de la Renaissance ; la petite personne vivace du polyglotte Georges Cannissié, savant comme La Mirandole, charitable comme Vincent de Paule, qui fut la providence des vaincus de

---

* L'émouvante cérémonie funèbre ordonnée par la municipalité à l'occasion de la translation des cendres de Testelin au cimetière de Lille.

décembre ; le bon et laborieux Fémy, dont les mains ankylosées témoignaient des souffrances endurées dans les casemates de 1851 ; Jérôme Dutilleul, qui offrit l'hospitalité de sa brasserie aux banquets de la Réforme...

Mais comment écrire ces mots sans voir surgir les scènes d'alors : le cortège des réformistes cheminant à travers les rues pour se rendre au banquet, les émeutes causées par la cherté du pain, l'assaut des boulangeries, les troubles de février, l'invasion de la Préfecture, l'incendie de la gare, le rappel qui bat presque chaque nuit, l'arrivée du préfet provisoire, le tribun Antony Thouret, la proclamation de la République, la plantation de l'arbre de la Liberté sur la Petite-Place, le défilé de la garde nationale grossie de bataillons en blouses bleues, les élections à l'Assemblée nationale, Delescluze, préfet, et Pilette, secrétaire général, les journées de juin et le départ des volontaires pour Paris, la propagande bonapartiste, l'échec présidentiel de Cavaignac, puis le grand coup longuement préparé, la seconde édition du 18 brumaire : Décembre 1851. Puis, plus rien : le silence. « L'ordre règne à Varsovie ! »

Tout cela, qui, à moi, me semble d'hier, date de quarante ans et plus !

De ceux qui m'entouraient alors, l'un des derniers vient de disparaître, dévoré par le four crématoire du Père-Lachaise ; et de ceux qui m'entourent aujourd'hui, les trois quarts ont oublié ou n'ont jamais connu ces noms et ces faits. Ah ! que nous tenons peu de place dans la fourmilière humaine, et que nos vanités apparaissent misérables et ridicules, quand on a devers soi l'expérience d'une longue carrière !

Si, dans la vie tourbillonnante qui est celle des pays civilisés depuis la création des chemins de fer, le souvenir des hommes et des choses d'il y a un demi-siècle à peine est déjà devenu si fruste dans la mémoire des contemporains, qu'on juge du degré d'effacement de celui qui concerne la génération antérieure à 1830 !

Si je disais que Testelin avait été élevé dans un milieu où les idées libérales étaient de tradition, combien d'entre ceux qui me lisent comprendraient que je fais allusion au père de ce vieil ami : Armand Testelin, ancien lieutenant-colonel de la garde nationale de Lille et ancien conseiller général du Nord? Guère, assurément.

Et cependant, c'était aussi une personnalité bien marquée que celle de cet ancêtre, qui lâcha le collège à quatorze ans pour s'enrôler parmi les volontaires de la République. Les grandes crises produisent les grands phéno-mènes. C'est au 14e chasseurs que l'enfant fut incorporé. On l'envoya d'abord se battre sur la frontière d'Espagne, puis il passa à la fameuse armée d'Italie, où ce petit Flamand fit des actions d'éclat, tout comme un vieux troupier, notamment à Fossano, où il sauva son officier sous le feu de l'ennemi. Peut-être suis-je aujour-d'hui le seul à connaître cet épisode ; aussi vais-je me hâter de le consigner ici, pour qu'il ne tombe pas, comme tant de nobles traits, dans le gouffre de l'oubli.

Arraché à une mort certaine, cet officier, que sa bonté et sa bravoure avaient rendu cher à ses soldats, tira de sa poche sa bourse, qu'il voulut faire accepter à son sauveur. C'était un beau cadeau, en ce temps-là, où les espèces sonnantes étaient rares et où les guerriers de la glorieuse République voyaient plus de plomb que d'argent. Inutile de dire que Testelin refusa, se tenant pour suffisamment payé par l'honneur de ramener son officier. L'escadron leur fit, à tous deux, une ovation enthousiaste, et spontanément se cotisa pour offrir au camarade, en témoignage de reconnaissance,... un pain de munition. Ne riez pas : le présent était de conséquence pour des braves qui, s'ils se battaient à toute heure, ne mangeaient mie tous les jours.

A Marengo, Armand Testelin reçut un biscaïen qui mit fin à ses exploits militaires. Il revint à Lille faire du commerce, comme un simple pékin, politiqua de tout son cœur contre les Bourbons et mourut le lendemain de la Révolution de 1830, à laquelle il avait collaboré dans la mesure de ses moyens. Ce fut Vincent Leleux, le fondateur de l'*Echo du Nord,* porte-drapeau de la garde nationale, qui prononça son oraison funèbre, le 22 juillet 1831, soixante ans presque jour pour jour avant la mort de son fils Achille, qui a si bien chassé de race.

En 1848, celui-ci, qui n'avait que trente-
quatre ans et était encore dans la fougue un
peu inconsidérée de la jeunesse, dirigeait le
groupe plus tapageur que nombreux des « rouges ». Ce furent au contraire les « modérés »
qui triomphèrent à la première élection du
suffrage universel. Leur liste, celle de la
« Société républicaine des amis de la liberté
et de l'ordre », se composait de MM. de Lamartine, général de Négrier, Bonte-Pollet, Delespaul, Loiset, Giraudon et Géry Heddebault, de
Lille ; Desurmont, de Marquillies ; Ch. Des-
moutier, de Faumont ; Th. Descat, de Roubaix ; Malo et Lemaire, de Dunkerque ; Ser-
looten, de Bailleul ; Duquenne, de La Gorgue ;
Corne, Farez, Lenglet et Choque, de Douai ;
Huré, d'Amiens ; Hannoye et Aubry, d'Avesnes ;
le docteur Vandois, de Maroilles ; Mouton, de
Cambrai ; Dollez, de Crèvecœur ; Boulanger,
de Doignies ; Pureur, de Condé ; Regnard et
Dufont, de Valenciennes*.

L'année suivante, l'Assemblée constituante

---

* Une liste de même opinion triompha dans le Pas-de-Calais. Elle se
composait des dix-sept noms suivants : MM. Piéron, Petit, Degeorge,
d'Hérambault, Eymery, Lanthoine-Harduin, Bellart-Dambricourt, Cary,
Cornille, Pierret, Lebleu, Fourmentin, Saint-Amour, Olivier, Fréchon,
Lenglet, Dennisset.

ayant épuisé son mandat, fit place à l'Assemblée législative, et l'on procéda à de nouvelles élections. Cette fois, le résultat fut panaché : il y eut des élus dans les deux camps, et Testelin se trouva au nombre des favorisés. Ce fut donc en 1849 qu'il fit son entrée officielle dans la vie politique, qui fut si pleine de péripéties pour lui. Tour à tour le pavois, l'exil, la rentrée, la guerre, le pouvoir presque discrétionnaire, l'Assemblée de Versailles, et enfin l'inamovibilité au Sénat.

« Moi, je suis républicain par atavisme ! », disait-il volontiers dans ses heures de gaîté, naguère quotidiennes, de plus en plus rares à partir de 1870. La politique ne fait pas le bonheur et n'engendre pas la joie. Même dans cette vigoureuse nature, si bien trempée pour la lutte, elle avait jeté comme une ombre mélancolique.

C'est le jour où Testelin consentit à prendre en mains le gouvernement supérieur des cinq départements de la région du Nord, que son humeur s'assombrit, et il faut reconnaître que les terribles responsabilités, les soucis cuisants, les inquiétudes de toute sorte qui pesèrent alors sur lui n'expliquent et ne justifient que trop ce changement. Je crus bien alors qu'il était perdu, qu'il allait payer de sa vie sa condescendance au vœu de ses concitoyens et son dévouement à la patrie.

Je le revois encore, dans la nuit du 4 septembre, debout sous la marquise de l'ancienne Préfecture, tranquillisant et protégeant le petit père Masson, le dernier préfet impérial, et exhortant la foule des manifestants à s'en aller honnêtement dormir. Il était alors dans toute la verdeur de sa maturité.

Un mois plus tard, dans une autre manifestation nocturne, — quand une bande d'hurluberlus, chauffés par je ne sais quels meneurs interlopes, voulut envahir de nouveau la Préfecture, où cependant s'élaborait la défense nationale, — je le revois encore arrivant en hâte de sa maison de la rue de Thionville, où le ran plan plan du rappel l'avait été réveiller, et empoignant de ses honorables mains deux bonshommes qui avaient réussi à escalader les grilles et se mirent à braire en le reconnaissant :

— Laissez m' aller, monsieu Tét'lin ! On n' savot mie qu' ch'étot vous ! Si on l'arot su, on n'arot point v'nu ! Laissez m'aller, monsieu Tét'lin !

— Allons ! va te coucher, imbécile !

Il riait encore un peu, ces jours-là, mais ça ne dura plus longtemps. Et quand il déposa le pouvoir, au commencement de 1871, il n'était plus que l'ombre de lui-même.

— Testelin est un homme fini ! me disait alors Alexandre Leleux.

Je le craignais aussi. Il se remit cependant peu à peu, et reprit ses forces à mesure que la France revenait elle-même à la vie. Et il a vu partir bien avant lui ses deux frères, Gustave et César. Le voici parti à son tour, et avec lui s'éteint la descendance mâle d'une forte race, dans laquelle était profondément empreint le caractère énergique, indépendant, turbulent et généreux de la vieille bourgeoisie des Flandres.

Bizarre période que celle de 1848, dont les souvenirs s'agitent en ma cervelle, pendant que j'écris ceci, comme les abeilles d'une ruche qu'un choc soudain a mise en émoi. Que de sottises, que d'actes incohérents et bêtes se commettent dans cette démence passagère qui s'empare des masses durant les heures où sévit le cyclone révolutionnaire !

Comment expliquer autrement que par un coup de folie les violences sans raison et sans but dont j'ai été témoin en février? Pourquoi la soudaine effervescence de ces gens qui la veille ne songeaient point à mal et que la nouvelle de la fuite du roi transforme tout à coup en émeutiers, et qui courent dare dare donner l'assaut à la Préfecture? Les voilà tout fumants et hurlants devant l'hôtel ; que veulent-ils? Incendier? Massacrer? Démolir? Ils ne le savent pas eux-mêmes.

Le secrétaire-général, qui seul peut-être a gardé son sang-froid, s'avance et leur parle poliment à travers la grille. Ils se taisent, hésitants et ahuris.

— Voyons, vous comprenez bien qu'il est impossible de vous faire entrer tous. Désignez douze d'entre vous, je me charge de les introduire moi-même.

Les premiers rangs reculent. Personne ne veut être de la délégation. Ils se consultent, intimidés, résistant à ceux qui les pressent, tout prêts à se tourner contre la foule. Enfin, bon gré, mal gré, une douzaine est poussée en avant et pénètre par la grande porte dont un battant vient d'être entr'ouvert.

Ils traversent la cour d'honneur et franchissent le perron, conduits par le secrétaire, qui leur dit à demi-voix :

— Surtout, ne faites point de bruit : madame la préfète est malade !

Et voilà ces insurgés qui ôtent leurs sabots ou marchent sur la pointe de leurs gros souliers.

— Maintenant, qu'est-ce que vous voulez? Le buste de Louis-Philippe?

Ah! bonne idée! oui, ils veulent le portrait du « tyran ».

— Et puis quoi encore? Les tentures des salons?

Oui, c'est cela ; ils veulent les tentures. Et on les mène aux salons officiels, où ils arrachent les rideaux le moins bruyamment possible, et prennent deux ou trois fauteuils. Que désirent-ils encore? Rien du tout. C'est bien assez comme ça : ils en ont leur charge. Et ils s'en retournent, avec les mêmes précautions, rejoindre la masse qui braille le *Ça ira* au dehors, devant les grilles. On fait un feu de joie sur la Grande-Place avec ces échantillons de mobilier, pendant que d'autres promènent par la ville le buste royal qu'ils s'amusent à gifler de temps en temps, à maltraiter, à barbouiller de boue, jusqu'à ce que, fatigués de cette procession peu récréative en somme, ils terminent leur farandole en remisant l'ex-roi dans l'étable d'un vacher de la rue Française*.

Cette violence débonnaire, cette bonté dans l'accomplissement d'actes de brutalité, me paraissent des traits particuliers du caractère de notre vieille population de Lille, et la confirmation bien curieuse de cet autre épisode, qui date de 1830.

Dans une charge dirigée contre des attroupements qui criblaient de pierres la garde nationale, le cheval du colonel de Montigny s'abat, entraînant son cavalier. Aussitôt, les émeutiers en fuite reviennent sur leurs pas et cernent l'officier renversé. Pour le massacrer ? Point du tout : pour le dégager de dessous sa monture, en s'informant avec sollicitude :

— Vous s'avez point fait du mal, monsieu Montigny ?

---

* Actuellement rue Négrier.

Est-ce dans la constatation de ce tempérament généreux qu'il faut voir l'origine de la vieille locution : « Les bonnes gens de Lille ? » Je n'en sais rien, mais c'est possible ; et s'il en est ainsi, je souhaite que mes concitoyens continuent à se montrer les dignes descendants de leurs aïeux.

Et est-ce parce que la bonté sied bien à la bravoure et parce que l'une ne va guère sans l'autre, que ces vers me reviennent à la mémoire :

> Braves Lillois, un jour que l'anarchie
> Levait le fer contre la liberté....

et que j'assiste en imagination à l'entrée des gardes nationaux de Paris venant apporter leur drapeau à leurs camarades de Lille et les remercier du concours donné par eux contre l'insurrection de juin ?

C'était par la porte de Paris*. Les trottoirs, les fenêtres, les toitures étaient pleins de monde, il grêlait des fleurs de toutes parts ; chacun de nous avait un bouquet au canon de son fusil, et cela continuait à pleuvoir sans

---

* La porte de Paris faisait alors partie de l'enceinte même de Vauban, qui subsistait encore tout entière.

relâche. On marchait sur un lit de verdure.
Des couronnes étaient jetées aux officiers,
et l'une d'elles fut lancée avec tant d'adresse
qu'elle entoura les épaules du général Rapatel,
qui, dégageant ses bras, s'en fit une ceinture
fleurie, aux acclamations de la foule. Jamais
accueil ne fut plus fraternel et plus démons-
tratif. Parmi les habitants, c'était une ardente
émulation d'hospitalité pour nos frères d'armes
de Paris.

Il y eut un immense banquet sur la Grande-
Place, qui réunit les gardes nationaux, et c'est
alors que l'un des Parisiens entonna d'une
superbe voix de baryton la cantate composée
tout exprès en l'honneur de la ville de Lille,
dont je viens de vous dire le commencement
et dont le refrain, répété par dix mille voix,
fit, ce soir-là, couler bien des larmes d'enthousiasme :

> La liberté c'est la reine du monde,
> Et, Dieu le veut. salut à son drapeau !

Tous ces souvenirs de jadis, que d'heures
nous avons passées à nous les remémorer,

Testelin et moi, avant qu'il fût devenu un grand personnage, et depuis aussi, quand, dans ses courtes apparitions à Lille, il venait tailler bavette en mon logis !

Maintenant, c'est fini. Clopin, clopant, je l'ai conduit, mercredi dernier, là où j'en ai conduit tant d'autres, en attendant qu'on m'y conduise moi-même. Il s'en est allé, abrité jusqu'au dernier moment sous les plis du drapeau tricolore, qu'il avait aimé par-dessus tout et qui était le symbole de sa religion, à lui. Le peuple de Lille lui a marqué un grand respect et on lui a rendu de grands honneurs, — pas aussi grands encore qu'il aurait fallu en bonne justice, car ce n'est pas seulement la ville de Lille et le département du Nord qui étaient ses obligés, c'est toute la région, le Pas-de-Calais, la Somme, l'Aisne, les Ardennes, dont il fut le dictateur en 1870, un dictateur intelligent, équitable et intègre.

Ce sont ces souvenirs, ou du moins les plus saillants d'entre eux, que je veux, pendant que ma mémoire est éveillée, consigner ici pour l'édification des générations futures.

ETIENNE DURAND.

SOUVENIRS D'UNE VIEILLE BARBE

DE 1846 A 1860

I

Le Banquet de la Réforme.

Il n'est pas nécessaire, je pense, de faire de grands efforts de dialectique pour vous persuader qu'en 1846, sous le règne de la « Poire », comme les caricaturistes appelaient irrévérencieusement le roi Louis-Philippe, les républicains ne formaient pas un gros bataillon dans les provinces de Flandre et d'Artois.

En les comptant avec soin, je doute qu'on en aurait trouvé assez, dans nos deux départements, pour former une cohorte égale en nombre à l'effectif actuel des Canonniers sédentaires, ce qui malheureusement n'est pas beaucoup dire. A Lille même, ils n'étaient qu'une escouade ; encore n'était-ce qu'une escouade de conscrits, si j'ose m'exprimer ainsi. On y voyait les jeunes docteurs Godefroy et Testelin, le brasseur Dutilleul, Alphonse Bianchi, fils d'un mouleur-plâtrier, qui avait fait de bonnes études et écrivait volontiers en prose et en vers, Champon, commissionnaire de roulage, Célestin Schneider, très honnête ouvrier tailleur, poète à ses heures, Honnorat-Bocquet, négociant considéré, une douzaine d'autres, et puis je crois bien que c'était tout. Bonte-Pollet, Saint-Léger et leurs amis, qui frayaient à l'occasion avec eux, étaient plutôt des libéraux de 1830, qui tenaient pour Thiers contre Guizot. A Arras, les républicains pullulaient moins encore : après MM. Lenglet, Cornille, Devaux et le journaliste Frédéric Degeorges, m'est avis qu'on pouvait tirer l'échelle.

C'est en 1847 que les nuages précurseurs de la tempête commencèrent à se montrer. La récolte avait manqué, les vivres étaient devenus rares et chers, et le commerce se ressentait cruellement de cet état de choses. Le prix du pain s'éleva au point que des troubles sérieux se produisirent.

Des bandes d'affamés, que vinrent grossir et exciter, comme toujours, les mauvais gars et les repris de justice, se mirent à parcourir la ville, pillant les boulangeries et un peu aussi d'autres boutiques, attaquant à coups de pierres les maisons des commerçants en grains. L'épithète d'*accapareur* devint alors aussi redoutable pour ceux auxquels on l'adressait, que celle d'*espion* en 1870 ; elle fut de même appliquée à tort et à travers, et causa presque autant de maux et d'injustices.

La troupe, la garde nationale, la gendarmerie campèrent pendant plusieurs jours sur les places et carrefours ; plus d'une fois il fallut dissiper par la force les rassemblements et charger les émeutiers ; il y eut nombre de blessés et surtout de prisonniers. Le mécontentement public s'accrut d'autant. En France, comme vous savez, le gouvernement est toujours responsable du mauvais temps et des mauvaises affaires.

Le public était dans ces dispositions, quand on commença à parler de la réforme électorale. On entrait alors en automne. La protestation contre le système censitaire était générale dans le pays ; la réforme des lois restrictives du droit de suffrage passionnait tout le monde : c'était la question qui occupait tous les esprits. Le difficile était de trouver moyen de donner à cette réprobation un caractère public, sans se mettre en contravention avec les ordonnances de police.

A cette époque, où les chemins de fer étaient encore à l'état embryonnaire et où conséquemment les déplacements n'étaient point commodes, un banquet parut être le meilleur procédé pour réunir à Lille les partisans de la réforme de tous les points de la région. Par ce moyen, les gens qui arriveraient tout exprès d'Amiens, d'Arras, de Saint-Quentin, de Mézières, d'Avesnes, de Cambrai, de Valenciennes, de Dunkerque, de Calais, de Saint-Omer, de Boulogne et autres lieux qui passaient alors pour lointains, étaient assurés, du moins, de ne pas mourir de faim et de ne pas se déranger simplement pour des prunes.

Oui, mais le chef du ministère, M. Guizot, qui ne voyait pas précisément d'un œil paternel cette agitation légale et qui se méfiait de ses suites, avait pris ses précautions en interdisant les assemblées et banquets dans les lieux publics. Il croyait ainsi avoir coupé la plante dans sa racine, en ôtant aux réformistes le moyen de manigancer une manifestation d'ensemble. Où trouver, en effet, en dehors des lieux publics, un espace suffisant pour abriter un millier de convives?

Et de fait, le projet aurait vraisemblablement avorté et le banquet de Lille serait devenu irréalisable si le propriétaire de la brasserie du *Loup*, qui changea dès lors son titre et devint la *Brasserie de la Réforme*, M. Jérôme Dutilleul, n'avait paré la botte ministérielle en offrant aux réformistes l'asile de son propre jardin. J'imagine que ce fut là un cruel sacrifice qu'il fit au vorace minotaure de la Politique, car ce jardin était vaste et beau, peuplé d'arbres fruitiers des bonnes espèces.

On rasa tout, on fit des fagots avec les nobles végétaux qui produisent les poires délicieuses et parfumées, les pommes rosats et les rainettes, les reines-claudes, les courtes-queues, les abricots juteux, et toutes ces bonnes choses qui sont la

jouissance du palais et la santé des intestins ; puis
on nivela le terrain pour y installer soixante tables
de vingt couverts chacune. Une simple toiture de
toile recouvrit le tout.

L'opération était hasardeuse, dans notre pluvieux
climat, à cette époque de l'année : la tente pouvait
rester sèche, mais il y avait beaucoup plus de
chances pour qu'elle fût mouillée ; il y en avait
davantage encore pour qu'on fût obligé de dîner en
parapluie, ce qui aurait peut-être refroidi les enthousiasmes. Le ciel se déclara favorable à la réforme et
demeura serein.

Les souscripteurs qui des quatre coins de la région
avaient répondu à l'appel des organisateurs étaient
au nombre de douze cents. La commission organi-
satrice, qui avait des membres correspondants dans
toutes les principales villes, se composait, à Lille,
de l'élite de la bourgeoisie libérale. Je puis vous
citer un certain nombre de noms qui vous édifieront
à cet égard :

MM. Hippolyte Saint-Léger, président ; Bonte-
Pollet, vice-président ; les docteurs Testelin et
Dourlen, secrétaires ; membres : MM. Blocquel,
imprimeur ; Huet-Colombier, Dorémieux, Viseur,
Alexandre Hovelacque, Guffroy, Dusart, Edouard
Desbonnets, Honnorat-Bocquet, Lechat-Welcomme,
Tripier-Durieux, négociants ; Godefroy, Castelain,
médecins ; Descat-Leleux, teinturier ; Victor Saint-
Léger, filateur ; Alexandre Leleux et Fémy, journa-
listes ; Ladureau, avocat ; Loiset, vétérinaire ;

Champon, commissionnaire de roulage ; Benvignat, architecte ; Merlin, propriétaire (fils du conventionnel Merlin de Douai, l'un des auteurs du Code civil), etc. Je ne puis vous les désigner tous, parce que ma mémoire, en cheminant près d'un demi-siècle, en a perdu quelques-uns en route.

Dans sa première réunion, cette commission décida d'inviter un certain nombre de députés et journalistes partisans de la réforme et délégua à Paris à cette fin M. Hippolyte Saint-Léger et M. Achille Testelin. Elle arrêta aussi son programme, qui peut se formuler ainsi : « On s'occupera exclusivement de la réforme électorale, et la question gouvernementale ne sera point soulevée. »

Outre M. Odilon Barrot, qui accepta ledit programme sans hésitation ni réserve, MM. Saint-Léger et Testelin invitèrent, à Paris, MM. Ledru-Rollin, Garnier-Pagès, Huré, Delespaul, Lherbette, Creton, députés ; Recurt, vice-président du comité central des électeurs de Paris ; Flocon et Etienne Arago, de la *Réforme* ; Dornès, du *National* ; Hennequin, de la *Démocratie pacifique*, et Delebecque, du *Libéral*. Tous arrivèrent, et avec eux le divin Phébus, qu'on avait négligé de convier, parce qu'il est toujours le bienvenu.

Donc, le dimanche matin 7 novembre 1847, les

douze cents banqueteurs étaient réunis dans la grande galerie de l'Hôtel-de-Ville de Lille, où ils attendaient, pour lui faire ovation, le promoteur du mouvement réformiste, M. Odilon Barrot, et se rendre ensuite processionnellement à la brasserie du *Loup*. L'arrivée de celui-ci fut saluée par de longues acclamations; puis le silence se fit pour le laisser parler. Le célèbre parlementaire remercia d'abord l'assemblée et la félicita de son initiative patriotique; faisant ensuite allusion au banquet qui allait avoir lieu, il annonça son intention d'ouvrir la série des discours par un toast « à la monarchie constitutionnelle ».

Cette motion inattendue détermina une explosion non moins soudaine. Un grand tumulte éclata : les cris et les protestations remplacèrent à l'instant les vivats de tout à l'heure :

« Le programme ! Le programme ! Vous avez accepté le programme ! Vous n'avez pas le droit de changer le programme ! »

D'aucuns accompagnaient leurs réclamations de grands coups de canne sur le plancher; tout était confusion et fracas.

Les esprits politiques discernaient fort bien la secrète pensée qui avait poussé M. Odilon Barrot à provoquer l'incident : il voulait, au moyen de son toast au roi, évincer du banquet son collègue Ledru-Rollin, qu'on savait hostile à la monarchie et dont la présence lui portait ombrage. Il ne s'attendait pas à une pareille résistance de la part des convives, qui appartenaient presque tous à la riche bourgeoisie et qu'il croyait aisément dominer.

Devant l'échec notoire de sa motion, M. Odilon Barrot déclara à ceux qui l'avoisinaient qu'il renonçait à prendre part au banquet, et il se retira, accompagné de M. H. Saint-Léger, chez qui il avait pris gîte.

Pendant qu'il s'éloignait, les assistants, ignorant pour la plupart sa résolution de s'abstenir, descendaient dans la cour de l'Hôtel-de-Ville et se formaient en cortège, pour gagner le lieu du banquet. Alignés quatre par quatre, les douze cents convives formaient une longue colonne de trois cents rangs de profondeur, qui défila solennellement par la place Rihour, la Grande-Place, les rues Esquermoise, de la Barre, Saint-Martin, le quai de la Haute-Deûle, et s'installèrent avec ordre, sous la direction de leurs commissaires, aux soixante tables préparées pour eux.

On s'aperçut alors que plusieurs sièges restaient vacants : ceux du président et de l'hôte principal, et ceux aussi de M. Ledru-Rollin et de M. Testelin, qui avaient quitté l'assemblée de l'Hôtel-de-Ville pendant que M. Odilon Barrot développait sa proposition. D'acclamation on appela alors à la présidence le vice-président M. Bonte-Pollet, et l'on envoya une députation, dont M. Viseur fit partie, quérir M. Ledru-Rollin au domicile du docteur Testelin (habitant alors rue des Augustins). Une demi-heure après, le fameux tribun faisait son entrée au milieu d'un enthousiasme indescriptible, qui ne se ralentit pas pendant les trois heures que dura le festin.

Le «programme» fut fidèlement observé, en ce sens qu'il ne fut pas plus question de la monarchie que du Grand-Turc, et que toasts et discours portèrent uniquement sur la « réforme électorale » ; — seulement cette réforme partit de là prodigieusement grandie et engraissée : c'était « l'extension du suffrage » qui s'était assise à la table de Jérôme Dutilleul ; ce fut « l'universalité du suffrage » qui sortit de sa maison. La poule avait couvé un œuf d'aigle.

Les estimables convives de ce banquet monstre n'eurent pas l'air de s'inquiéter, ni même de s'apercevoir de ce phénomène. Ils étaient tous gris, pas de vin ni de bière : de paroles et d'enthousiasme. L'éloquence tribunicienne surtout les avait enivrés de fond en comble. Chacun d'eux, je n'en doute pas le moins du monde, regagna son logis et aborda sa chacune avec la fière dignité d'un Athénien revenant de Marathon :

Je jure qu'en ce jour j'ai sauvé la patrie !

Que diable voulez-vous ! l'illusion est la plus commune des infirmités humaines... Et encore est-ce bien une infirmité ? N'est-ce pas plutôt un bienfaisant et nécessaire trompe-l'œil, à défaut duquel on n'aurait le courage d'entreprendre rien ?

Pour en revenir aux conséquences du banquet de Lille, je n'ai rien à dire contre l'institution du suffrage universel, comme bien vous pensez ; seulement, comme je suis philanthrope, je voudrais que mon pays n'en conservât point le monopole exclusif, j'aimerais qu'il étendît ses bienfaits aux autres nations européennes, notamment à l'Angleterre et à l'Allemagne. Je vous assure que ma dernière heure serait la plus savoureuse de toutes celles que j'aurais passées sur la terre, si mon brave curé, en venant m'apporter mon passeport éternel, me glissait à l'oreille, entre deux *orémus* :

« Tu sais, mon vieux, ça y est : l'empereur d'Allemagne est en fuite, et Londres est plein de barricades ! »

II

Une « glorieuse » en province.

Le mercredi 23 février 1848, il y avait grand bal
à la Préfecture du Nord *. M. Desmousseaux de
Givré fêtait, en collaborateur fidèle, la répression
de troubles qui s'étaient produits à Paris, par suite
des résistances gouvernementales à la réforme électorale que réclamait l'opinion publique, et par conséquent le triomphe définitif du ministère Guizot.
C'était du moins l'interprétation que le préfet se
plaisait à donner aux événements, et beaucoup
d'autres personnes itou, malgré l'inexplicable inter-

---

* La Préfecture occupait alors l'ancienne Intendance, vaste et somp
tueux hôtel situé rue Royale, en face de la Banque de France, qui a été
acheté en 1873, au département, par la Société dite Institut catholique.

ruption survenue depuis vingt-quatre heures dans
le service du chemin de fer et du télégraphe entre
Paris et Lille. Donc on dansait consciencieusement,
ce soir-là, dans les majestueux salons de l'hôtel
préfectoral, quadrilles, valses, polkas, et même
scottischs et mazurkas, qui étaient alors des nou-
veautés, si je ne m'abuse. Et les gracieuses demoiselles décolletées et les jeunes cavaliers en habit
noir, et les mamans qui faisaient tapisserie et les
papas qui jouaient au whist ne se doutaient mie
que pendant ce temps-là, au dehors, dans la rue,
devant la grille du monument, une foule rageuse
huait à pleins poumons le préfet et ses invités :

« A bas le ministère ! criait la foule. Vive la
réforme ! On ne danse pas sur les morts ! A bas le
préfet ! »

Peut-être le bal se serait-il terminé par un genre
de danse qui ne figurait pas au programme, si la
petite garnison du corps de garde attenant à l'hôtel
ne s'y était énergiquement opposée. Grâce à sa
fermeté, la démonstration resta platonique ; et comme
le mois de février n'est guère propice aux flâneries
nocturnes, sous notre ciel de Flandre, les manifestants se résignèrent à s'en aller dormir, quand ils
furent fatigués de vociférer. Trois ou quatre vitres
furent les seules victimes de l'expédition, et les
invités de M. Desmousseaux de Givré purent se
retirer, tranquilles comme Baptiste, quelques heures
plus tard, sans se douter le moins du monde qu'ils
venaient de danser sur un volcan.

Le lendemain, cependant, l'inquiétude commença à se répandre en ville : ni trains, ni nouvelles ! Que signifiait cet isolement ? D'aucuns accusaient le préfet de garder pour lui les avis qu'il recevait par le télégraphe. Mais la vérité était que cet honorable fonctionnaire ne se trouvait pas plus avancé que le dernier des pousse-vinaigrette. Le télégraphe avait beau se démener sur la tour Sainte-Catherine, comme un diable dans un bénitier : ses gesticulations éperdues démeuraient sans réponse.

— Que se passe-t-il donc à Paris ? se demandaient les bonnes gens. Et puisque le chemin de fer ne marche plus, pourquoi ne pas envoyer des courriers qui, avec de bons relais, feraient la route en dix-huit heures ? On saurait au moins à quoi s'en tenir !

Aux approches du soir, la Grande-Place se remplit d'une foule anxieuse, réduite à échanger des conjectures et pleine de fermentations. Par prudence, l'autorité avait convoqué la garde nationale et ordonné des patrouilles, qui parcouraient les rues et dispersaient les rassemblements.

La nuit du 24 au 25 ne fut qu'agitée, et non sérieusement troublée, parce que tout le monde ignorait encore les gros événements qui inauguraient, à ce même moment, un nouveau chapitre de l'histoire de France.

Ce fut seulement dans l'après-midi du vendredi que les nouvelles, encore assez vagues, se mirent à circuler, apportées par des voyageurs venant d'Arras et d'Amiens. On se disait de la bouche à l'oreille que Paris était à feu et à sang et le roi parti pour l'Angleterre.

Les gens paisibles avaient peine à y croire. Comment supposer que des choses si terribles peuvent s'accomplir sans qu'autour de soi la vie ait cessé de suivre son petit traintrain quotidien ? Comment penser qu'on se tire des coups de fusil et qu'on s'égorge là-bas, pendant qu'ici, aujourd'hui comme hier, on va et on vient, on s'attable dans les cafés, on rase et on frise chez le perruquier, on débite des drogues chez l'apothicaire, on vend sur son comptoir son fil, son sucre et sa moutarde ?

— C'est des menteries de mauvais sujets ! se disaient entre elles les commères attirées par la curiosité sur le pas de leurs portes.

Les incertitudes ne durèrent point plus longtemps que le jour. Avec les ombres du soir s'élevèrent des grondements d'émeute. L'heure de la sortie des ateliers déversa sur le pavé des flots populaires qui, après de longs remous, roulèrent vers la Préfecture. On avait gardé dans le cœur la rancune de ce bal malencontreux, donné au lendemain d'échauffourées sanglantes et comme pour en fêter la victoire. Les tentures et les meubles de l'hôtel envahi payèrent l'apparente insolence de leur propriétaire. Je dis « apparente », parce que le bal en question n'était rien moins qu'un défi jeté aux vaincus de la politique guizotine ; la coïncidence était malheureuse, mais fortuite, car les invitations avaient été lancées une quinzaine de jours auparavant.

Mais comme en pareille affaire la passion parle toujours plus haut que la raison, le public préféra croire que le préfet l'avait voulu braver et que son bal était une provocation. Et pour se venger du préfet, qui ne se montra point, il s'en prit au mobilier, qui appartenait au département.

Rideaux, chaises et tapis furent emportés, en même temps que le portrait du despote « Louis-File-vite », et le tout, entassé au pied de la colonne de la Grande-Place, fournit le combustible d'un feu de joie, dont les reflets sinistres allèrent épouvanter les bons bourgeois au fond de leurs bourgeoisières.

Mais il y eut aussi, cette nuit-là, d'autres feux, qui ne furent pas « de joie ». C'est le malheur et la condamnation des manifestations tumultueuses d'être fatalement mêlées de rufians et de gibiers de potence, dont elles favorisent les mauvais coups. Cela s'est toujours vu et se verra toujours, par la raison qu'on ne peut pas demander leurs papiers à tous ceux qui y participent. Les gredins, mis en goût d'incendie par l'autodafé, un peu gogo mais inoffensif, de la Grand'Place, se défilèrent en tapinois du côté de la gare du Long-Pot, lâchant au passage un détachement contre la gare provisoire de la rue de Tournai, qui venait d'être tout récemment construite. Et pendant que les uns essayaient de piller ici, les autres s'efforçaient d'incendier là-bas.

Par bonheur, l'alarme fut donnée à temps, la cloche du beffroi et le tambour des milices lancèrent dans la nuit leurs appels lugubres, et canonniers, gardes nationaux, pompiers et lignards arrivèrent à point pour empêcher un double désastre. Les pillards durent s'égailler, après une courte mêlée, où il plut des contusions et des bourrades, et les dommages se bornèrent à quelques bureaux saccagés et à un bâtiment brûlé. Le lendemain matin, afin de bien montrer que le vrai peuple, le peuple honnête et laborieux, n'avait rien de commun avec ces bandits et répudiait leurs attentats, une députation composée des républicains les plus populaires, MM. Bianchi, Bonte, Boniface, Castelain, Fémy, Honnorat, Champon-Richebé et quelques autres, se présenta à la Mairie pour protester contre l'attaque des gares et offrir au maire, M. Bigo, le concours des citoyens de Lille contre les malfaiteurs.

Ce fut ce même jour, 26 février, qu'on reçut confirmation des nouvelles qui avaient, la veille, rencontré tant d'incrédules : la révolution, la fuite du roi, l'avènement de la République, la constitution d'un gouvernement provisoire composé de MM. Dupont de l'Eure, Lamartine, Crémieux, Arago, Ledru-Rollin, Garnier-Pagès et Marie, étaient des faits accomplis.

J'exagérerais si j'assurais que ces bouleversements furent accueillis chez nous avec un enthousiasme sincère. La vérité est que la plupart des libéraux

clairvoyants comprirent dès le premier moment
qu'un changement aussi soudain et aussi radical
serait forcément éphémère, et se dirent en leur par-
dedans le mot prophétique de Flocon : « La France
n'est pas mûre pour la République ! » Les légiti-
mistes, eux, n'applaudirent à la chute de Louis-
Philippe que par haine pour la « branche cadette »
et parce qu'ils virent dans cette République impro-
visée la préface de la restauration de Henri V. Quant
aux orléanistes, ils étaient désolés et effrayés, et les
indifférents, — c'est-à-dire la majorité du public, —
ne l'étaient pas beaucoup moins. Seuls, les républicains exultaient ; ils ne formaient point un gros
bataillon à l'origine ; mais, en moins de temps qu'il
n'en faut pour retourner une casquette, ils furent
renforcés par les trembleurs, les amoureux du nouveau, les tapageurs, les pêcheurs en eau trouble et
les moutons de Panurge ; c'est vous dire que du jour
au lendemain ils devinrent légion.

Ne vous étonnez pas, après cela, de l'accueil em-
pressé et flatteur qui fut fait au citoyen Antony
Thouret, délégué du gouvernement et préfet provisoire, et de l'interminable procession de courtisans
et congratulateurs qui défila pendant des semaines
à travers son cabinet.

Cet estimable dignitaire arriva à Lille le samedi
26, dans l'après-midi. Il se rendit aussitôt à l'Hôtel-
de-Ville, où il fut reçu par la municipalité avec la
considération due au représentant d'une révolution
et à une manière de proconsul qui avait peut-être
une guillotine dans sa poche.

2

Antony Thouret était un bon esprit et un très brave homme, mais on n'en savait encore rien et on en avait grand'peur.

Le lendemain de son arrivée, c'est-à-dire le dimanche 27, des affiches signées par le préfet et le maire annoncèrent officiellement aux habitants de la Flandre française la proclamation de la République et la constitution du gouvernement*.

Toutefois ce serait une erreur de croire que la présence d'un préfet républicain dans l'hôtel de la rue « Nationale » — ainsi qu'en ces jours-là on appela la rue Royale — et la reconstitution d'un gouvernement régulier suffirent à rétablir la tranquillité publique et à refouler dans leurs bas-fonds ignorés les vermines que les précédentes émeutes avaient fait surgir. Les fermentations, au contraire, n'avaient fait qu'augmenter. Les rues étaient encombrées de ces traînards de mauvaise mine qu'on voit apparaître dans les temps troublés, comme les nuées de corbeaux après la bataille. Ces racailles se glissaient dans les groupes d'ouvriers, y péroraient ou y parlaient à voix basse, s'efforçant d'inoculer leur venin, de pousser à des actes de violence.

On vit bientôt le résultat de ces excitations. Antony

---

* Président du Conseil et ministre de la justice, Dupont de l'Eure affaires étrangères, Lamartine ; intérieur, Ledru-Rollin ; guerre, général Bedeau ; finances, Goudchaux ; marine, Arago ; agriculture et commerce, Bethmont ; travaux publics, Marie ; instruction et cultes, Carnot. — Le gouvernement de l'Algérie était confié au général Cavaignac, et la mairie de Paris à Garnier-Pagès.

Thouret n'était pas assis de quarante-huit heures sur son trône proconsulaire, que son palais était assailli nuitamment par une tourbe hurlante. Heureusement pour lui, les postes avaient été doublés ; les assaillants trouvèrent à qui parler. Il y eut combat, ce qui permit aux renforts d'accourir. La ligne et la garde nationale, accueillies par une mitraille de pierres, sentirent, comme on dit, la moutarde leur monter au nez : elles manœuvrèrent à la baïonnette et balayèrent carrément les émeutiers, non sans dommages de part et d'autre.

Mais battues sur un point, les bandes pillardes se reformaient ailleurs et attaquaient tantôt une usine, tantôt une boutique de boulanger ou d'orfèvre, de sorte que les soldats, les fonctionnaires et les citoyens qui composaient la force publique ne savaient où donner de la tête et passaient leurs jours et leurs nuits à courir aux quatre coins de la ville. Et il paraît que les choses n'allaient pas mieux ailleurs, car la plupart des gares entre Lille et Paris étaient brûlées, et chaque jour on apprenait que quelqu'une des dernières existantes venait de flamber à son tour.

Pourquoi cette rage contre les bâtiments du chemin de fer qui n'étaient mie responsables des entêtements de M. Guizot? Tout simplement parce que les malfaiteurs espéraient interrompre les communications, isoler les localités et les priver de tout secours extérieur, les tenir à leur discrétion et les *travailler* à leur guise et à leur profit. Jacques

Bonhomme, mon ami, tu ne te défieras jamais assez des drôles qui exploitent ta crédulité et cherchent à te faire prendre leurs vessies criminelles pour des lanternes politiques !

Enfin, après huit nuits de branle-bas et d'alertes, de marches et contremarches, de bousculades et de mêlées, les choses commencèrent à se tasser un peu et les bonnes gens à respirer plus à l'aise. Le 1er mars, on annonça que le service des trains était rétabli pour les voyageurs entre le Nord et Paris, et que celui de la poste s'effectuerait par courrier jusqu'à la complète reconstruction des gares ; et le 3 mars eut lieu, à Lille, une grande fête civique qui fut comme qui dirait le baptême du nouveau régime, et à l'occasion de laquelle un professeur du lycée, M. Poultier, emprunta au citoyen Apollon sa lyre à sept cordes pour glorifier la mémoire des combattants morts pendant les immortelles journées et la gloire de la République, juste épouvante des tyrans :

> Français, voyez-vous ces tombeaux
> Où semble pleurer la victoire ?
> Monuments de deuil et de gloire,
> Ils nous rappellent des héros.
> Leur mort fut un triomphe, elle sauva la France.

> . . . .

> Un jour si la ligue des rois,
> Osant insulter la France,
> Brûlant d'assouvir sa vengeance,
> S'avançait pour fouler nos droits,
> Français, la liberté nous a livré sa foudre,
> Qu'elle gronde soudain au sein de leurs états :
> Les peuples réveillés, sous leurs trônes en poudre,
> Écraseront les potentats !

En ce temps-là, il y avait un certain nombre d'enthousiastes ingénus qui se payaient de cette monnaie de singe et considérablement de roublards qui se donnaient l'air de la croire bonne. C'était un peu comme à présent.

III

Les groupes populaires.

Naturellement la proclamation de la République avait fait éclore par milliers, dans le court espace d'une nuit, des républicains qui, précédemment, n'avaient jamais songé à le devenir; et, comme de juste, ces nouveau-nés n'étaient mie les moins braillards.

Il y eut dès lors, à Lille, dans le populaire, plusieurs groupes de républicains et plusieurs centres de réunion. Le premier groupe connu avait pour siège un estaminet de titre peu engageant, la *Guillotine*, tenu, rue des Trois-Couronnes, par un ancien serrurier, nommé Deswarlez. C'était un grand gaillard, de rude visage et borgne, doué d'une redou-

table voix de basse et d'une certaine éloquence
naturelle. Il était habilement secondé par sa femme,
aussi intelligente qu'aimable, qui s'entendait à merveille à attirer et à retenir sa clientèle. C'était là le
quartier général préféré des partisans de Bianchi et
de Dutilleul.

Un autre groupe, surtout ouvrier, celui-ci, la
« Société des Montagnards », avait son siège au
Grenadier lillois, rue de Fives, cabaret tenu par un
sieur Pringuet. Il y avait là, au premier étage, une
vaste salle dans laquelle se réunissaient périodi-
quement une douzaine de « Sociétés de malades »,
comme on appelait alors les associations de secours
mutuels. Les murs en étaient en partie tapissés par
les images des divers saints, patrons desdites associations ; les « Montagnards », en se réunissant dans
la même pièce, complétèrent la galerie en y ajoutant
les portraits des héros de la Révolution. Un grand
buste de la République, en plâtre, don du citoyen
Bianchi, dominait et semblait présider ce concile
bizarre de bienheureux et de démagogues.

Ce fut la Société des Montagnards qui organisa,
l'année suivante, au carnaval de 1849, une manière
de cavalcade républicaine, dans laquelle les principaux personnages de la Révolution paradaient
entourés de soldats et de cantinières de la même
époque, et qui, le mercredi des Cendres, clôtura
cette démonstration patriotique par une scène, dont
les conséquences furent graves : la mise en juge-
ment et l'exécution de Louis Bonaparte, récemment
élu président de la République.

A cette occasion, les Montagnards promenèrent à travers la ville un mannequin costumé en général et représentant le prince, qu'ils menèrent finalement à la guinguette du *Vieux-Pèlerin*, au faubourg de Béthune, où l'on allait tuer tous les ans le traditionnel canard. Dans le jardin, ils improvisèrent un simulacre de conseil de guerre, qui jugea le mannequin et le condamna à la peine de mort «pour avoir usurpé la présidence due au citoyen Ledru-Rollin». En conséquence de quoi le fantoche fut décapité, repromené ainsi écourté, et ramené finalement au *Grenadier lillois*.

Mais cette farce de goût douteux avait fait scandale, comme vous pensez bien. L'autorité s'en inquiéta plus que de raison. Des poursuites furent exercées contre la Société des Montagnards et tous ceux qui se trouvaient en relation avec elle. Il y eut des condamnations, et une surveillance ombrageuse fut exercée sur les divers lieux de réunion. Peu après, les estaminets du *Grenadier* et de la *Guillotine* furent fermés par justice, les réunions interdites, et le silence commença à se faire « dans Varsovie ».

Un troisième groupe, beaucoup plus lettré et plus intéressant que les deux autres, s'était organisé place Saint-Martin, dans la salle même ou M. Oudart enseigne actuellement à la jeunesse les nobles exercices pratiqués au temps jadis par les confrères de saint Michel : c'était le groupe des Saint-Simoniens, présidé par le citoyen Ravet, le même qui plus tard édita l'*Annuaire de Lille*. Il était composé de professeurs, d'architectes, de médecins, de basochiens, d'artistes, d'employés d'administration et de commerce. Il y avait conférence philosophique tous les soirs, et le ton sérieux qui y régnait contrastait fort avec le sans-gêne bruyant des autres réunions.

Un autre groupe encore, à tendances socialistes, avait son centre à la boucherie coopérative de l'*Humanité*, qui avait le docteur Martinage pour président, et fit, après deux ans de fonctionnement, une fin désastreuse.

Après la mésaventure des Montagnards et la fermeture de leurs divers lieux de réunion, les membres plus déterminés des anciens groupes décidèrent l'un d'entre eux, Charles Groulez, employé chez un négociant en vins, à ouvrir un estaminet rue Basse, en face de l'hôtel de l'*Europe*, et à y donner l'hospitalité aux échappés du naufrage. C'est là que les membres épars des anciennes sociétés républicaines prirent l'habitude de se rassembler à jours fixes pour délibérer sur toutes choses et sur beaucoup d'autres encore. C'est là aussi que vint les surprendre, deux ans plus tard, le formidable coup de tonnerre du 2 Décembre.

IV

La bataille de Risquons-Tout.

Au milieu des péripéties de la Révolution de
Février dans notre placide pays de Flandre, péripéties assez peu dramatiques d'ailleurs, ce fut un événement tragico-burlesque qui fit un tapage du diable
dans Landerneau. Mais comme il y a juste quarante-
quatre ans qu'il s'est passé, vous devez bien penser
que les héros de l'aventure ne courent plus les rues,
à l'heure qu'il est : la plupart d'entre eux habitent
depuis longtemps des endroits humides où les choses
de la politique les laissent profondément froids, et
leurs rares survivants sont assez malaisés à découvrir. Quant aux papiers du temps relatifs à l'affaire,
il faut remuer, pour les retrouver jaunis et rongés,

les montagnes d'*agobilles* qui s'entassent dans tout
honnête grenier durant un demi-siècle. En y mettant
de la persévérance, j'ai cependant fini par déterrer
les uns et les autres, et par rafraîchir ainsi mes
souvenirs passablement décolorés.

Laissez-moi vous rappeler, pour commencer, qu'une
révolution quelconque ressemble étonnamment à
une autre révolution quelconque. Si toutes ne ver-
sent pas dans le crime ignoble, c'est qu'elles n'ont
pas toujours le temps de mûrir et de pourrir au
même degré ; mais toutes évoluent d'une manière
identique. Elles débutent par un coup d'audace
tenté par un petit groupe de citoyens de tête chaude
et de cœur généreux, aussitôt suivis par les foules
que séduit le côté chevaleresque de l'aventure.
Puis, quand le moment du péril est passé, arrive la
bande des parasites, pêcheurs en eau trouble, intrigants de toute sorte, malfaiteurs et bandits, hyènes,
chacals et vautours, cherchant pâture sur le champ
de bataille, qui poussent les choses à l'extrême,
accumulent excès sur abus et gâtent tout.

Naturellement, le fracas des journées de Février
avait fait accourir à Paris nombre de rufians cosmo-
polites, sans compter ceux qui s'y trouvaient déjà,
— comme on l'a revu, du reste, en 1870. De même
que la Commune sortit du Quatre-Septembre, l'insurrection de Juin sortit de la Révolution de Février,
— dont sortit aussi l'expédition hilariante dont je
vais vous entretenir.

En ce temps-là donc, il y avait à Paris un certain nombre de sujets belges, parmi lesquels on comptait quelques honnêtes gens que les idées nouvelles avaient sincèrement grisés, et beaucoup de vagabonds. Les premiers caressaient l'espérance de provoquer en Belgique un mouvement analogue à celui qui venait de renverser le bonhomme de tyran qui s'appelait Louis-Philippe. Il va sans dire que les seconds, flairant de bons coups à faire à Bruxelles et ailleurs, affectaient un démocratisme patriotique débordant et stimulaient de leur mieux le zèle des idéologues naïfs. Bref, une association s'était organisée sous le vocable appétissant de *Société des Patriotes belges*, qui se mit à s'agiter et donna du fil à retordre au préfet de police, lequel était alors le citoyen Caussidière, et même au ministre de l'intérieur Ledru-Rollin.

Comme il convient à toute société humaine, petite ou grande, les Patriotes belges étaient divisés : ils formaient deux groupes rivaux. L'un, qui était, je pense, celui des illuminés honnêtes, recevait la bonne parole d'un ex-officier de cavalerie nommé Fosse, qu'il reconnaissait pour son chef. L'autre, plus nombreux, se réunissait chez un certain Blervacq, simple mastroquet à Ménilmontant, natif de Tournai ou environs. Les deux apôtres se détestaient, comme de juste, Fosse traitant Blervacq de voyou anarchiste, Blervacq accusant Fosse de n'être qu'un orangiste mal déguisé. Toutefois, il était un point, un seul, sur lequel tous les Patriotes étaient d'accord : l'envahissement de la Belgique, à l'effet de détrôner Léopold et de proclamer la République.

Ces gens menaient grand bruit ; leurs réunions causaient, dans les quartiers populeux où ils s'assemblaient, des agitations qui n'étaient pas sans danger au lendemain même d'une révolution et alors que le pouvoir était encore si fragile ; ils harcelaient le gouvernement de leurs obsessions et l'agaçaient par leurs manifestations. On résolut de s'en débarrasser en les lançant dans l'entreprise abracadabrante qu'ils souhaitaient.

Un avocat républicain de Gand, M. Spiltorn, venait justement d'arriver à Paris pour faire visite à son ami Imbert, gouverneur des Tuileries, avec qui il s'était lié en Belgique, où celui-ci s'était réfugié à la suite d'un procès politique, et sans doute aussi pour nouer des intelligences avec la fameuse Société des Patriotes belges. M. Spiltorn était un homme bien posé, ayant dans son pays de nombreuses et importantes relations ; sa présence dans les réunions des deux groupes, son influence, son éloquence, imprimèrent aux agitations une nouvelle activité.

Les ardeurs des Patriotes en furent surchauffées à tel point qu'ils osèrent faire une démonstration menaçante contre l'hôtel du prince de Ligne, ambassadeur de Belgique à Paris, sous prétexte de réclamer de celui-ci les fonds nécessaires pour regagner en masse leur pays. Peu s'en fallut que cette démarche idiote ne tournât mal et que la neutralité

de l'ambassade ne fût violée par un certain nombre
de forcenés. L'intervention opportune de la garde
nationale réussit cependant à conjurer l'orage. Les
Belges de Paris devenaient décidément gênants :
c'est pourquoi l'on résolut de les évacuer quelque
part ou ailleurs, sans tambours ni trompettes.

Probablement d'après les avis pratiques de M.
Spiltorn, les Patriotes s'étaient organisés en « Légion
belge ». A ces guerriers improvisés il ne manquait
que quatre choses : des vivres, de l'argent, des
armes et des munitions. Caussidière fit passer au
groupe Blervacq, par l'intermédiaire d'Imbert, des
bons de nourriture et une somme de 1,500 francs à
répartir; puis il s'entendit avec la Compagnie du
chemin de fer du Nord pour embarquer en des
trains spéciaux les futurs envahisseurs de la Belgique. La zizanie étant toujours à l'état aigu entre
les deux chefs de l'expédition, il fut convenu que le
général Fosse dirigerait sa colonne par Valenciennes-
Quiévrain, tandis que le général Blervacq opérerait
un mouvement tournant par Lille-Mouscron.

La colonne Fosse, la mieux composée des deux,
disposait de quelques armes, propriété particulière
de leurs heureux porteurs : on lui avait vaguement
promis qu'elle en recevrait le complément en temps
et lieu. Le 24 mars après-midi, elle partit en guerre
à petite vitesse, renforcée de quelques élèves de
l'Ecole polytechnique, altérés de gloire et séduits
par la pensée de conquérir la Belgique.

Le lendemain, la colonne Blervacq s'embarqua de

même pour la croisade. Comme elle était plus nombreuse que sa rivale et beaucoup moins huppée, il
lui fallut deux trains au lieu d'un et elle n'avait pas
le moindre coupe-chou.

Le général Blervacq avait confié le commandement
de sa seconde division à un colonel digne de sa confiance: le nommé Charles Graux, compagnon typographe. Divers polytechniciens s'étaient aussi joints
bénévolement à cet état-major.

Comme vous n'en doutez pas, tout cela était le
secret de Polichinelle. L'ambassadeur belge de Paris
avait suivi d'un œil vigilant les mille et une mani-
gances de ses estimables compatriotes; il connaissait
leurs projets et leurs plans depuis A jusqu'à Z, savait
leur nombre, leur destination, l'heure de leur départ
et le moment probable de leur arrivée. Il en avait
soigneusement informé son gouvernement, lequel
avait eu tout le loisir de disposer convenablement
ses souricières.

A cette époque, la gare de Valenciennes n'était
pas, comme aujourd'hui, une gare traversière : c'était
une gare à rebroussement. Elle formait cul-de-sac,
et les trains devaient manœuvrer pour rejoindre leurs
ligne et continuer leur route. Un ingénieur des chemins de fer belges se chargea d'utiliser cette parti-
cularité pour cueillir la colonne Fosse comme poire
en octobre.

Monté sur une locomotive sous pression, il attendit tranquillement à Quiévrain que l'arrivée du train conquérant fût signalée à Valenciennes ; averti alors, vraisemblablement par les agents de la Compagnie elle-même, il partit à toute vapeur et s'en vint attacher sa locomotive à la queue du train, qui attendait en panne la manœuvre destinée à l'aiguiller sur la ligne de Belgique. Le général Fosse se méfiait sans doute de quelque truc de ce genre, car au moment où le train s'ébranlait, il sauta de son wagon en criant : « Trahison ! Sauve qui peut ! ». Une douzaine seulement de conjurés eurent le temps et le sang-froid de l'imiter ; le reste demeura coi. Le train fila dare dare et franchit la frontière.

Des honneurs militaires aussi plantureux qu'imprévus l'attendaient à la gare de Quiévrain, où ce fut la main gantée de la gendarmerie qui prit la peine d'ouvrir elle-même les portières.

Pendant que se passaient ces choses lamentables, les deux trains qui avaient l'honneur de porter la colonne Blervacq arrivaient à la gare de Seclin, où ils avaient ordre de « décharger » ; et les magnanimes légionnaires qui se préparaient à renverser l'infâme despote Léopold Ier, gendre de Louis-Philippe, cet autre autocrate cruel, prenaient avec plaisir leurs quartiers chez les habitants, — lesquels goûtaient probablement une satisfaction beaucoup moindre à les héberger.

A Lille et dans le pays, la nouvelle de ces événements extraordinaires avait transpiré, et l'on s'entretenait un peu partout de l'approche d'une armée formidable, destinée à conquérir la Belgique.

— Elle est partie hier de Paris, disait-on. — Elle est en route. — Elle est arrivée. — Elle est campée à Seclin !

Et les langues de marcher dur et ferme, et les imaginations de galoper à fond de train. Il y eut plus d'un curieux qui s'en fut d'un pied léger et la canne à la main voir un peu le camp de la légion belge, là-bas, au-dessus de la région des Moulins, et qui s'en revint bredouille sans avoir trouvé plus de tente que sur ma main, ni aperçu d'autres bataillons que des groupes de balochards baguenaudant, la pipe aux dents, aux alentours de l'église Saint-Piat. Mais, pour ne point s'avouer mystifiés, ils ne soufflèrent mot de leur déconvenue, et le bruit continua à s'accréditer que le trône de Léopold reposait sur la glace d'une nuit.

Delescluze était alors préfet du Nord. Il était, bien entendu, dans le secret de la comédie. Le général mastroquet Blervacq l'avait trouvé sur le quai de la gare de Douai au passage du train et en avait reçu l'accueil le plus flatteur et les promesses les plus riantes. Ces promesses avaient été tenues d'ailleurs, puisque ses troupes, en attendant les nobles émotions des champs de bataille, se trouvaient douillettement logées et agréablement nourries à Seclin, et qu'il avait touché lui-même un nouveau subside de 1,500 francs.

Mais si le préfet était tout sucre et tout péningue pour les futurs conquérants, il n'en était mie de même de l'autorité militaire. Le général Négrier avait rongé sa moustache de colère, en apprenant l'arrivée de ce qu'il appelait irrévérencieusement « un ramassis de fripouilles ». Il venait justement de recevoir de son collègue de Tournai une lettre interrogative qu'il avait transmise, avec une demande d'instructions précises, aux ministres de la guerre et des affaires étrangères, le général Bedeau et M. de Lamartine. En attendant leur réponse, il avait envoyé un bataillon d'infanterie à Seclin, pour surveiller et au besoin contenir les « fripouilles ».

Néanmoins, il n'avait pu se refuser à délivrer à l'autorité civile, représentée par un polytechnicien nommé Deron, porteur d'une autorisation préfectorale, quinze cents fusils avec leurs munitions destinés à l'armement de la garde nationale, lesquels furent chargés à l'Arsenal sur cinq chariots qui sortirent de la ville par la route de Gand, où la colonne Blervacq devait les rencontrer comme par hasard et s'en emparer.

Sur ces entrefaites, les instructions ministérielles arrivèrent, affirmant la résolution du gouvernement français de faire respecter la neutralité de la Belgique. Aussitôt Négrier donna l'ordre d'arrêter aux portes de la ville Blervacq et ses guerriers, et expédia à Seclin un de ses aides de camp pour enjoindre aux polytechniciens de quitter immédiatement l'expédition et de regagner leur école.

Je ne sais si l'officier arriva à temps, car le matin du même jour, qui était l'un des derniers du mois (28 ou 29 mars 1848), les conquérants s'était mis en marche pour la frontière, en tournant la ville, guidés par le contrebandier Lahousse. Ils formaient vingt et une compagnies : dix-sept belges et quatre françaises, et devaient être renforcés, en route, par le contingent des républicains lillois, qui avaient pris naïvement au sérieux cette expédition d'opérabouffe.

A Bondues, la colonne tomba sur les voitures de Deron, qui l'y attendaient. On procéda immédiatement à la saisie et à la distribution des armes et des munitions.

Il était deux heures et l'opération n'était pas encore terminée, lorsque l'on signala l'approche des volontaires lillois, qui arrivaient par la route de Tourcoing. Dans les rangs de ceux-ci, se trouvaient mon vieil ami Pierre Warin, que tous les ouvriers lillois connaissent et qui a encore bon pied et bon œil, Fidèle Varvenne, sujet belge établi à Lille, décédé depuis une dizaine d'années, mais dont ceux qui politiquaient sous l'Empire n'ont certainement pas oublié le nom, et aussi le bon Fémy, peut-être même Bianchi.

Le contingent lillois venait donc, tout frémissant d'enthousiasme, apporter à ses frères, les patriotes belges, le concours de ses bras et de sa vaillance. Il s'attendait à rencontrer une vraie légion, sérieuse, ordonnée, vigoureuse et bien disciplinée : il trouva une bande en déroute, déjà exténuée par quatre heures de marche, composée en grande majorité d'hommes à mine suspecte, de chenapans et de gibiers de prison. La plupart s'étaient dispersés dans les cabarets des environs, où ils faisaient tapage et se comportaient comme en pays conquis. A cette vue, les Lillois froncèrent le sourcil et s'arrêtèrent hésitants.

— Nous sommes dupés, s'en vint leur dire Fémy, qui était allé examiner les choses de près avec son flair d'avocat. Nous ne pouvons rien avoir de commun avec ces gens-là : tout cela vous a des mines de repris de justice. Volte-face, citoyens, et à Lille, au pas accéléré !

Alors, on n'hésita plus. Les volontaires lillois rentrèrent carrément en ville au lieu d'aller s'emparer de la Belgique.

Le général Blervacq et son armée d'invasion bivouaquèrent à Bondues le reste de la journée et une partie de la nuit et se remirent en marche à la piquette du jour. Ils abordèrent la frontière à un hameau portant un nom prédestiné : *Risquons-Tout*. Ils comptaient faire par là une manière d'entrée

triomphale, au milieu de l'admiration et des délires
d'un peuple résolu à secouer le joug des tyrans et à
acclamer ses sauveurs; ils entrevoyaient bon gîte
et bonne vie, des boustifailles et des beuveries gra-
tuites et sans fin, des ripailles à tout casser, des
délices comparables à celles de Capoue dans lesquelles s'était complue et efféminée l'armée du clas-
sique Annibal... La réalité leur apparut tout à coup
sous un aspect totalement différent.

Tout un corps d'armée, rangé en bataille, cavalerie aux ailes, artillerie partout, barrait la route,
un peu en arrière du hameau.

La vue des casques, des sabres et des baïonnettes
brillant à travers la brume matinale, des fûts noirs
des pièces de canon alignées en batterie, des longues
files d'uniformes qui paraissaient interminables ,
produisit tout d'abord sur nos braves un effet de
paralysie instantanée. La colonne s'arrêta comme un
seul homme. Puis, par une réaction soudaine, à la
stupeur succéda un invincible élan... en arrière. Les
compagnies se débandèrent en un clin d'œil, et la
plupart des guerriers du mastroquet jetèrent leur
fusil aux orties pour courir plus vite à travers
champs et prés.

Cependant tous n'agirent point en lièvres pusilla-
nimes. Un noyau — les convaincus sincères — tint
bon devant les hordes du tyran Léopold, procéda à
la charge en douze temps, et, en joue, feu ! pif !
paf ! se mit à tirailler consciencieusement contre
l'ennemi. Malheureusement l'ennemi riposta par

des feux méthodiques et corrects qui eurent bientôt décimé le maigre bataillon et démontré à ceux qui restaient debout l'urgence d'une retraite subtile et immédiate.

A neuf heures du matin tout était terminé : l'envahisseur était refoulé de toutes parts sur le sol français, laissant sur le champ d'honneur une demi-douzaine de morts et un quarteron de blessés, le trône de Léopold 1er était redevenu solide comme le Pont-Neuf, et la bataille de Risquons-Tout s'inscrivait d'office sur le glorieux tableau des victoires remportées par l'armée belge.

Telle est l'histoire fidèle de la double invasion de la Belgique par les Belges, qui advint au mois de mars de l'an de République démocratique et sociale, une et indivisible, mil huit cent quarante-huit'.

· L'affaire eut des suites judiciaires que je ne dois point omettre. A Lille, pour sauver les apparences, Blervacq fut arrêté et une instruction fut ouverte. Mais le procès fut étouffé, non sans raison, car il eût compromis l'autorité administrative elle-même, et Blervacq fut relâché sans bruit. En Belgique, les choses furent traitées avec plus de rigueur. On se borna, il est vrai, à expulser les prisonniers français de Quiévrain et de Risquons-Tout : mais ceux de nationalité belge que l'on considéra comme ayant joué le rôle de meneurs comparurent devant la Cour d'assises d'Anvers et subirent des condamnations sévères.

Plus tard, au mois de juin, Blervacq fut arrêté de nouveau à Paris et renvoyé à la prison de Lille, où il retrouva un de ses ex-lieutenants nommé Jaspin.

A la même époque, le typographe Graux reconstitua à Paris et à son profit la Légion belge, dont il s'institua le chef, éliminant ainsi son ancien général Blervacq. Cette troupe interlope disparut dans la tempête de juin, après y avoir vraisemblablement joué son rôle — derrière les barricades.

V

L'Arbre de la Liberté.

Comme bien vous pensez, la République ne pouvait pas s'aller faire sacrer en la cathédrale de
Reims, à l'instar de nos ci-devant tyrans. Or, il
paraît que cette impossibilité tracassait le sommeil
et empoisonnait le triomphe des républicains. Tant
il est vrai qu'au fin fond l'homme est toujours le
même, et qu'il ne saurait se passer de symboles,
d'adorations et de mômeries.

Par quoi remplacer cette théâtrale cérémonie du
sacre, qui naguère impressionnait si fort les masses
et était aux yeux des gens simples comme la consé-
cration divine d'un événement humain ?

Il est probable qu'en haut lieu on interrogea sur

ce point délicat les traditions de la première République, lesquelles répondirent que nos pères d'alors avaient jugé bon de symboliser l'ère nouvelle à l'aide d'un végétal planté en cérémonie de leurs propres mains et qui était dans leur idée l'image de la vie libre et saine, ouverte à l'humanité par la conquête des Droits de l'Homme.

Les nains de 48 ne pouvaient mieux faire que d'imiter les géants de 89. On décida donc de planter en grand tralala des arbres de la Liberté sur tout le territoire national. A raison d'un par commune, cela fit une bonne quarantaine de mille, autant dire une forêt tout entière.

Ce fut au commencement d'avril que ces processions d'un genre inconnu des générations vivantes eurent lieu par toute la France, depuis les Pyrénées et les Alpes neigeuses jusqu'aux brouillards de la mer du Nord, y compris par conséquent la totalité des villes, bourgs et villages des pays de Flandre et d'Artois.

Notez qu'il était survenu du neuf, chez nous, au cours du dernier mois. Le bon gros Antony Thouret n'avait pas fait de vieux os à la Préfecture du Nord. Probablement il rôdait là-bas, autour du ministère, des appétits qui avaient les dents plus longues que les siennes. Bref, il avait été remplacé par le citoyen Delescluze, un petit maigre, vinaigré, exalté et rageur, accompagné, en qualité de secrétaire général, d'un bellâtre suffisant, nommé Pilette ; et les allures autoritaires et cassantes de ces deux personnages faisaient un contraste fâcheux avec la bonhomie de leur prédécesseur. Les gens de chez nous n'aiment pas plus les pince-sans-rire que les matamores. On s'inclina devant les nouveaux venus, parce qu'on ne pouvait mie faire autrement, mais on ne les détesta que davantage en secret.

L'un de leurs premiers actes avaient été d'incorporer en bloc dans la garde nationale tous les habitants du sexe auquel nous devons notre père, sans s'occuper de la moralité des individus ainsi armés à la diable, sans s'inquiéter de savoir si on ne fourrait pas du même coup une bande de loups dans la bergerie. Je n'ai pas besoin de vous dire qu'au lendemain de troubles et à la suite d'attentats graves, une pareille mesure avait produit un fort mauvais effet, et ce ne fut point la seule qui choqua le bon sens des gens de Flandre.

Mais quoi, aimé ou haï, le citoyen Delescluze était préfet du Nord : ce fut donc sous les auspices et la présidence du citoyen Delescluze que se prépara et s'accomplit, à Lille, la cérémonie laïco-religieuse de la plantation de l'Arbre de la Liberté.

Quiconque aurait flâné de bon matin à travers la ville, le dimanche 9 avril, aurait pu croire à quelque grande réjouissance nationale et répéter dans la sin-

cérité de son cœur le couplet du bon Béranger, alors
en vogue :

> A table, un jour, jour de grande richesse,
> De mes amis les voix chantaient en chœur,
> Quand jusqu'à nous monte un cri d'allégresse :
> A Marengo Bonaparte est vainqueur!
> Le canon gronde, un autre chant commence,
> Nous célébrons tant de faits éclatants.
> Les rois jamais n'envahiront la France !...
> Dans un grenier qu'on est bien à vingt ans!

Le canon grondait, il est vrai, mais ce n'était
point pour proclamer une victoire de l'armée française : il annonçait simplement qu'on allait planter
un peuplier. A toutes les façades, pavoisées dès la
veille au soir, des alignements de lampions attendaient l'heure encore éloignée des illuminations ;
à toutes les maisons flottaient des drapeaux tricolores, même à celle du « père Delezenne », l'apothicaire de la rue Royale, qui avait pris soin de faire
passer une couche de badigeon sur l'inscription
dont il était si fier auparavant : « pharmacien du
roi ».

De tous côtés, dans l'air pur du matin, — le temps
était superbe, — on entendait retentir, dans l'inter-
valle des coups de canon, le ranplanplan du rappel,
un rappel de ton joyeux, qui ne ressemblait point à
celui des jours passés. Il faut croire que la peau
d'âne a son langage et que le coup de baguette se
ressent de l'état moral de celui qui le frappe. Et de
toutes parts, à travers les rues, se hâtaient vers le

Champ-de-Mars les innombrables citoyens qui devaient participer au cortège : fonctionnaires en uniforme brodé ou en habit noir, membres de société, de club, de ceci ou de cela, en redingote, en veste ou moins encore, selon leurs moyens, bataillons anciens de la garde nationale aux tenues correctes, aux buffleteries blanchies de frais, bataillons nouveaux en blouse bleue avec un ceinturon pour tout uniforme, élèves du lycée conduits par leurs professeurs, enfants des écoles avec leurs instituteurs... Voici la garde à cheval, toute composée de gros bonnets de la bourgeoisie, uniforme fringant tiré à quatre épingles... De la musique ? Ce sont les Canonniers, miliciens convaincus, ne badinant pas avec la discipline, aussi respectés du populaire que la garde nationale en est moquée. Autre musique : les Pompiers, belle troupe aussi, qui partage les sympathies publiques avec les confrères de Sainte-Barbe. Et tout ce flot humain coule et coule sans cesse à travers les rues toujours pleines, comme l'eau succède à l'eau entre les berges d'un canal.

Dix heures battent à la tour Sainte-Catherine. Les cloches se mettent à sonner à toute volée, et le canon recommence à tonner du côté de la citadelle : c'est le signal de la mise en marche. Les sergents de ville se hâtent de refouler sur les trottoirs la foule des curieux subalternes qui n'ont pas été assez heureux pour trouver une place plus commode. Dans les rues des Fossés-Neufs, Royale, Esquermoise, sur la Grande-Place, le Marché-au-Fromage, la

Petite-Place, par où doit passer le cortège, les
fenêtres fourmillent de têtes et les toitures elles-
mêmes sont envahies.

On dit que le cortège comprendra plus de trente
mille hommes et qu'il faut s'attendre à ce que le
défilé dure au moins trois heures.

Les autorités stationneront sur la Petite-Place,
près de la fosse où l'arbre va être planté et que garde
en ce moment un piquet du 74e de ligne; le reste se
massera sur la Grande-Place, en attendant l'heure
et l'honneur de défiler devant le peuplier sacré.

Cet intéressant baliveau avait été remisé dans la
cour de la Bourse, où il attendait, les racines à l'air,
qu'il plût à ses adorateurs de mettre un terme à son
supplice et de le rendre à son élément naturel. Sur
le coup de onze heures, une équipe d'honneur, composée d'ouvriers médaillés (sauveteurs et autres),
s'en fut le tirer de sa prison et l'apporter à pied
d'œuvre, c'est-à-dire au bord de la fosse carrée préa-
lablement creusée au centre de la place, — à l'endroit
où, dans nos temps dégénérés, s'élève prosaïque-
ment un kiosque à journaux.

Juste à ce moment, la tête du cortège débouchait
par la rue du Marché-aux-Fromages. C'était la garde
à cheval, précédée de sa fanfare et précédant le
groupe nombreux des « grosses légumes », ainsi que

les farauds de mon village se permettent d'appeler les autorités.

L'escorte file par la rue des Manneliers ; les grosses légumes restent, entourant la fosse, pendant que la musique des Canonniers va prendre position devant le postérieur du Théâtre.

C'est le moment palpitant. Avec tous les respects dus à un si haut personnage, les planteurs médaillés empoignent le baliveau patiemment étendu sur le pavé et le remettent debout avec effort, non sans mutiler involontairement, mais cruellement, ses pauvres racines. En suant d'ahan, ils le rapprochent de son futur logis... Mais voici qu'une manière de fanatique en casquette s'élance tout à coup, dans un paroxysme de foi, d'amour et de dévouement, traverse comme un boulet les rangs des dignitaires et se jette dans la fosse en criant éperdument : « Vive la République ! »

Grand émoi parmi les autorités bousculées et stupéfaites. Le citoyen Pilette s'avance, délégué par le citoyen Delescluze, et adresse de respectueuses remontrances au citoyen fanatique. Vains efforts : le citoyen fanatique refuse de vider les lieux ; il veut être enterré vivant sous les racines mêmes de l'arbre saint, il veut que le peuplier de la Liberté puise dans son propre corps la sève d'une longue et plantureuse vie, et il exprime l'espoir que les Français sauront s'inspirer de son sacrifice patriotique et que son nom sera glorifié dans les siècles des siècles. Le citoyen Pilette insiste ; le citoyen fanatique persiste.

Alors, tout en exprimant son admiration pour d'aussi nobles sentiments, le citoyen préfet fait cueillir le citoyen martyr par la police et l'expédie au violon.

— C'est un soûlaud ! concluent philosophiquement les planteurs, qui se mettent alors en devoir de remplacer l'animal par le végétal.

Le peuplier est planté. Il dresse vers le ciel bleu ses rameaux en bourgeons. Le citoyen Delescluze s'avance et lui adresse un discours respectueux et véhément; puis il cède la place au général Négrier, dont l'émotion se trahit par le tremblement des feuillets qu'il tient dans sa main. Après lui, vient le maire, M. Bigo, qui parle à son tour, et à qui succèdent trois ou quatre délégués du club. La parlote étant close, le clergé se présente en grande cérémonie, et l'un des doyens — celui de Saint-Maurice, s'il m'en souvient bien, — procède à la bénédiction solennelle de l'arbre symbolique.

A ce moment, sur un signal donné du beffroi *, le canon de la citadelle fait entendre de nouveau ses rugissements profonds, pendant que s'élève, majestueuse et enflammée, la mélodie sublime de l'*Hymne des Marseillais*.

---

* Tour carrée qui couronnait l'entrée du palais Rihour, vers la rue du Palais. Démolie il y a trente ans, lors de la reconstruction de cette face de l'Hôtel-de-Ville.

De ridicule qu'elle était tout à l'heure, la scène est devenue empoignante. Un frisson d'enthousiasme sincère secoue toute cette foule, qui, de la rue, des devantures, des fenêtres, des balcons, des toitures, contemple le défilé imposant, ardent et bruyant. Corps constitués, corporations, sociétés, clubs, écoles, même des personnels d'ateliers ou d'usines au grand complet, patrons en tête, passent, sans relâche, drapeaux au vent, chapeaux en l'air, aux cris réitérés de « Vive la République ! » Cavalerie, infanterie, artillerie de la milice et de la garnison saluent de hourras l'Arbre de la Liberté, en brandissant leurs armes, qui flamboient au soleil. Et toujours l'entraînante mélodie de la *Marseillaise* accompagne ces clameurs, et toujours gronde au loin la voix grave du canon *.

---

* Voici l'ordre du cortège, tel qu'il fut réglé par un arrêté municipal, affiché en ville :

Garde nationale à cheval, avec sa musique. — Le Lycée, professeurs et élèves, avec sa musique. — Canonniers, id. — Autorités civiles et militaires, et clergé. — Délégués des clubs et sociétés républicaines. — Détachement de garnison avec musique. — Bataillon de garde nationale en uniforme, avec tambours. — Peloton de garde nationale en blouse. — Club des Amis du peuple. — Députation des clubs des villes et communes voisines. — Peloton de garde nationale en blouse. — Club de la Fraternité. — Peloton blouses. — Club central. — Blouses. — Club de la Réforme. — Blouses. — Club des tabacs. — Écoles académiques, professeurs et élèves. — Détachement de garnison avec tambours. — Bataillon de garde nationale, id. — École primaire supérieure, professeurs et élèves. — Six détachements de garnison et garde nationale alternés. — Écoles primaires, instituteurs et élèves. — Détachement de garnison, avec tambours. — Délégations diverses. — Hospices, surveillants et pensionnaires. — Sapeurs-pompiers, avec musique.

Le soir il y eut représentation gratuite au théâtre et illumination générale.

Le défilé est fini. Il est passé deux heures. Mais voici un remous dans la multitude qui encombre les rues. Ce sont les Canonniers qui reviennent. Leur bataillon se déploie autour de l'Arbre de la Liberté, et son chef, le commandant Saint-Léger, après avoir prononcé une allocution patriotique, attache au tronc une couronne à rubans tricolores. Cet acte ravive l'enthousiasme de la foule ; de nouveau les hourras retentissent formidables *.

C'est le signal d'un nouveau défilé, intermittent, celui-ci. Chaque corps, chaque corporation, chaque club, chaque groupe, revient tour à tour adresser ses salutations particulières au peuplier, le héros du jour, accrocher sa couronne à son flanc, sans lui demander si cette surabondance de décorations n'est pas contraire à son tempérament. Tant et si bien qu'avant la nuit tombée, le malheureux végétal disparaît sous les couronnes, les bouquets, les rubans, les pancartes. Ainsi affublé, il a pris la tournure

---

* Le même jour, 9 avril, eut lieu la cérémonie de la plantation de l'Arbre de la Liberté à Armentières, avec bénédiction du clergé, discours du maire et allocution de M. Depasse, régent de mathématiques au collège de la ville, père de M. Hector Depasse, conseiller municipal de Paris.

A Wazemmes, la plantation eut lieu le lendemain avec un cérémonial analogue. Un cortège se forma à la mairie, et, maire en tête (M. Mauviez), se rendit à la place de l'Église, où la fosse était préparée, par les rues de Lille, d'Antin, Carnot, du Sabot, d'Armentières, de la Digue, du Blanc-Ballot et de l'Église.

Ce fut aussi dans la première moitié d'avril que la cérémonie s'accomplit dans la plupart des villes et communes du Nord. A Vauban, le discours inaugural fut prononcé par M. Jacques, alors simple instituteur à Lille, actuellement député de Paris.

lamentable d'une colonne funéraire que des mains trop pieuses ont surchargée de souvenirs et de maigres feuillages.

Triste présage de ses destinées ! L'infortuné devait en crever, et il en creva. Après avoir traîné pendant quelques mois une existence pénible et malingre, il trépassa dans sa gloire et de sa gloire à la chute des feuilles, la saison critique des poitrinaires. Le 18 novembre, si j'ai bonne mémoire, on lui donna pour successeur un autre peuplier, sans tambours ni trompettes.

Mais nul ne prévoyait alors cette fin prématurée, et ceux mêmes qui préparaient cérémonieusement sa mort ne nourrissaient à son endroit d'autres sentiments que ceux d'une vénération sans mélange. Vous humerez à plein nez le parfum de l'encens qui lui fut prodigué, si vous voulez bien lire les vers suivants qui lui furent offerts par le poète Julien Barrois :

Un plus large avenir commence
Et pour toi s'inaugure, Arbre de Liberté !
Prends ton essor ! Jadis sous ton ombrage immense

Un grand peuple s'est abrité.
Mille autres, comme toi, renaîtront. Des Cévennes
Aux champs de la Saintonge, et du Nord au Midi,
Sur leur feuillage reverdi
Nous saurons au besoin saigner toutes nos veines.
Arbre de Liberté, que le froid des hivers
Ne pâlisse jamais tes rameaux toujours verts !

4

Si la tempête déchaînée
Des bords de la Néva, rugissait jusqu'à nous,
Garde-toi de courber ta cime consternée ;
Résiste !... et les tyrans tomberont à genoux !

Mais s'ils osaient, s'armant de haches assassines,
A ta sublime tête imprimer un affront,
S'ils pouvaient de la terre arracher tes racines,
En tombant écrase leur front !

Non, symbole de paix, de gloire et d'espérance,
Conserve ta vigueur, conserve ta beauté ;
Grandis de jour en jour, Arbre de Liberté !...
Puisse croître avec toi le bonheur de la France !

Mon respect pour la vérité m'oblige à constater cependant que ce culte botanico-républicain ne recueillit point, dans la nation, une unanimité absolue. Quelle est la création humaine et même divine qui ne rencontre des blasphémateurs ? Il se trouva çà et là des Polyeuctes empressés sinon à renverser, du moins à flageller l'idole.

Ces vaillants ennemis des faux dieux manifestèrent leur réprobation, avec la plus grande prudence d'ailleurs, par diverses incongruités. Les uns déposèrent au pied du peuplier officiel des engrais qui n'avaient point passé par l'intermédiaire des droguistes ; d'autres, plus perfides, l'arrosèrent de liquides arboricides. Le moins bête et le plus jovial de ces contempteurs obstinés fut peut-être celui qui s'en alla coller nuitamment sur l'Arbre de la Liberté planté à Vauban, au bord de la Deûle, proche de l'écluse du faubourg de la Barre, une feuille de papier sur laquelle il avait rimé ce quatrain :

Il ne fallait choisir ni peuplier ni frêne
Pour figurer ici le bois de liberté
Qui n'est utile à rien ; mais simplement un chêne
Dont les fruits nourriraient les porcs qui l'ont planté.

VI

Bourrasques en mai, tempête en juin.

Il faut croire que le peuplier ne jouit pas de la
même propriété que l'olivier, qui est, comme chacun
sait, de symboliser la paix, car, bien qu'on en eût
planté à foison par tout le pays de France, la pacifi-
cation ne se fit point. A Paris, les troubles, les
attentats, les bagarres continuaient à figurer au
programme quotidien avec une ponctualité si inva-
riable que le gouvernement, impatienté, se décida à
serrer les freins. Il ordonna des mesures de répression qui, en gênant l'industrie des entrepreneurs
d'émeutes, firent pousser des cris de paon aux radi-
caux naïvement convaincus — dont était le citoyen
Delescluze, proconsul des Flandres.

Cet homme, qui ne manquait pas de valeur person-
nelle et à qui je ne dois pas dénier le mérite de
l'intégrité, cet homme qui, vingt-trois ans plus tard,
devait perdre ses illusions dans la plus décevante
des expériences et payer de sa vie sa trop longue
erreur*, jugea à propos de protester alors par sa
démission contre l'attitude du gouvernement. En
compagnie de son inséparable Pilette, il quitta donc
la préfecture, où il n'avait séjourné que deux mois.
Il fut remplacé intérimairement par M. Fémy, en
attendant l'arrivée du nouveau titulaire, M. Durand-
Saint-Amand, personnage dont la physionomie un
peu vieillotte est restée intimement liée dans ma
mémoire au souvenir de la calotte de velours noir
qu'il avait coutume de coiffer dans son cabinet.

Le général Négrier quitta Lille en même temps
que Delescluze : il venait d'être appelé au commandement de la division de Paris, honneur qui devait
bientôt lui coûter cher. Il eut pour successeur au
quartier général du Nord le général Foucher, que
suppléa provisoirement le général Roguet.

---

* On sait que Delescluze, devenu l'un des principaux membres de la
Commune, se fit tuer sur les barricades, lors de la reprise de Paris par
les troupes françaises. Ce que l'on connaît moins, ce sont les confidences désespérées qu'il fit à Achille Testelin, qui s'était bravement
offert au gouvernement de Versailles pour entrer dans Paris et y discuter
avec la Commune les bases d'un arrangement. Ces confidences, qui
m'ont été redites par Testelin lui-même, peuvent se résumer en ces
quelques mots :

« Je suis entouré d'illuminés et d'intrigants. Rien à faire avec ces
gens-là. J'ai, de bonne foi, commis une monstrueuse erreur, et de l'im-
passe où je me trouve je ne puis dignement sortir que par la mort. »

Pendant que ces chassés-croisés s'opéraient dans les régions officielles, les fermentations, un moment assoupies, recommençaient à bouillonner dans les bas-fonds. Par sa tournure de sectaire, Delescluze y avait acquis une notable popularité, et son coup de tête y fut interprété comme impliquant tout à la fois un virement du gouvernement vers la politique modérée et une menace pour l'influence des agitateurs. L'irritation de ceux-ci n'attendit pas au lendemain pour se traduire par des démonstrations tumultueuses.

— Vive Delescluze ! A bas Antony Thouret ! criaient les manifestants, qui croyaient, je ne sais pourquoi, que leur préfet favori était culbuté et remplacé par son prédécesseur.

Vous n'ignorez pas qu'il suffit de montrer le feu à une eau déjà chaude pour la ramener à l'ébullition. De même le populaire : à Lille, il n'est pas facile à mettre en branle ; mais quand une fois il est sorti de ses habitudes, c'est le diable pour l'y faire rentrer.

La masse ne comprenait pas grand'chose à l'événement, elle voyait seulement que la sarabande recommençait, et sans discerner si c'était la République qu'on menaçait ou simplement un monsieur qui jetait ses galons par-dessus les moulins, elle se rua à la suite des pendards qui hurlaient dans les rues. En quelques heures ce mouvement embrouillé prit les allures d'une émeute assez grosse pour que l'on crût un instant la citadelle compromise et qu'on y prit en hâte des dispositions dérensives.

Et ran plan plan ! et ran plan plan ! voilà que le rappel recommence à battre comme devant, et les gardes nationaux et les canonniers et les pompiers et la ligne à courir, l'arme au bras, ici, là et ailleurs. Les beaux jours de février étaient revenus.

L'esprit de violence soufflait dans les clubs aussi bien que dans la rue ; tous les parleurs qui ne chatouillaient pas les passions du moment y étaient, sauf votre respect, engueulés comme poisson pourri. M. Beaussire*, jeune professeur de talent qui avait institué généreusement un cours gratuit de « droit démocratique », et M. Millon, chef du service de santé de l'hôpital militaire, qui avait créé le club du Peuple, où il s'efforçait d'inoculer quelques notions de science politique aux cerveaux incultes, furent conspués par leur public et obligés de renoncer à leur entreprise de relèvement intellectuel.

C'est, je crois, le 22 mai que les choses tournèrent au plus mal. Dès le matin, des bandes au milieu desquelles on apercevait les visages sinistres des mauvais jours, se mirent à parcourir les rues, allant de fabrique en fabrique arrêter le travail, embaucher de force les ouvriers et saccager un peu

---

* Vingt-deux ans plus tard, après la guerre de 1870, M. Beaussire devint l'un des membres les plus distingués de l'Assemblée nationale.

aussi, pour se faire la main. La force publique, appelée de vingt côtés à la fois, n'arrivait pas toujours à temps pour protéger les gens et les établissements. Ainsi, l'usine Vrau était à sac, ou peu s'en faut, et son propriétaire avait déjà la corde au cou, quand la garde nationale arriva, tout essoufflée, pour arrêter cet honorable manufacturier sur la route d'un monde meilleur.

Il en fut à peu près de même à l'usine Delespaul, au coin de l'Esplanade et de la rue de Jemmapes. Assaillie par une nuée d'émeutiers armés de gourdins et de pierres, la poignée de gardes nationaux accourue au secours de l'assiégé, eut trop à faire de se défendre elle-même pour empêcher les fenêtres de voler en éclats, à l'intime satisfaction de la corporation des vitriers. C'est dans cette algarade que M. Paquin, cerné, frappé et sur le point d'être désarmé, lâcha volontairement ou non son coup de fusil, dont la balle égarée alla estropier un placide pêcheur, qui taquinait les goujons de la Deûle.

Ce malheureux coup de fusil — le seul, à ma connaissance, qui ait retenti dans les rues de Lille pendant toute la durée de la seconde «glorieuse», — fit plus de tapage que cent coups de canon. Il va sans dire que ce furent ceux-là mêmes qui l'avaient provoqué qui s'en montrèrent les plus exaspérés. Tirer sur « le peuple » ! Pensez un peu ! Vous m'objecterez que le peuple, c'est tout le monde ; que par conséquent la garde nationale était beaucoup plus peuple que les gredins qui pillaient les maisons,

crevaient les tambours, houspillaient les sergents
de ville et voulaient pendre les gens. J'en demeure
d'accord avec vous ; mais allez donc raisonner avec
des enragés ! J'estime que M. Paquin agit fort sage-
ment en allant passer quelques jours à la citadelle,
sous prétexte de se tenir à la disposition de l'autorité
militaire et que très probablement il évita ainsi
quelque mauvaise rencontre.

Cependant son coup de feu avait donné l'alarme.
Des renforts accoururent, qui dégagèrent la petite
troupe. Les émeutiers se replièrent alors vers l'intérieur de la ville et allèrent grossir d'autres bandes
qui, en ce moment même, étaient aux prises avec la
force armée sur différents points.

C'est à la Croix-Sainte-Catherine, comme on appelait encore le carrefour des rues Royale, Esquermoise et de la Barre *, que la bataille s'engagea le
plus sérieusement. Une colonne de gardes nationaux
s'y trouva enfermée entre des bandes nombreuses
débouchant par la rue Esquermoise et d'autres revenant de l'usine Delespaul par les rues aboutissant à
l'Esplanade ; et les soldats citoyens, qui ne bril-
laient généralement pas par leurs aptitudes militaires, furent alternativement refoulés en avant et
en arrière, ballottés comme un bouchon dans un
remous, sous une mitraille de pierres et de huées,
perdant la tramontane et ne sachant que faire. Je
me demande comment le jeu aurait fini, si une panique n'avait tout à coup éparpillé leurs ennemis.

Il a avait un calvaire en cet endroit au temps jadis : de là son nom.

— Vesse ! v'là les Ca*l*onniers !

Je vous ai déjà dit que les dignes confrères de « Madame sainte Barbe » étaient tenus pour des braves à trois poils par le populaire lillois, au rebours de la garde nationale, qu'il dédaignait et brimait volontiers.

Leur arrivée opportune sauva la situation : grâce à elle, la bagarre de la Croix-Sainte-Catherine ne coûta la vie à personne, et son bilan se chiffra simplement par un certain nombre de contusions et d'arrestations. Parmi les blessés de la journée, je crois ne pas me tromper en vous citant les noms de MM. de Montigny, l'ancien colonel ; Debuire (Du Buc pour les chansonniers), Caron, Mathon et Deruyelle.

Tout n'était pas dit encore, d'ailleurs. Une partie des fuyards de la Croix-Sainte-Catherine refluèrent vers la rue Française (actuellement rue Négrier), où ils songèrent à s'abriter derrière une barricade. Ils s'emparèrent d'un chariot qu'ils renversèrent en travers de la chaussée, obstruèrent les trottoirs en y accumulant des tonneaux et des caisses, et se mirent à consolider leur fortification en dépavant la rue, le tout sous l'œil complaisant d'un bataillon de la garde nationale qui stationnait, l'arme au pied, à cent mètres de là, et dont le commandant, M. Delattre, s'obstinait à «attendre des ordres» qui ne venaient point.

Et la barricade montait toujours. Dieu sait jusqu'où elle se serait élevée, sans l'irruption du 2e bataillon de la même milice, dont le chef, M. Hugon, moins formaliste que son collègue, lança dare dare sa troupe à l'assaut. Le retranchement fut enlevé d'emblée, et les barricadiers détalèrent, les talons dans le derrière.

Avant la nuit, l'émeute lilloise était battue tout à plat sur tous les points, et le 22 mars qui avait vu son maximum d'intensité, vit aussi son extinction finale. Si l'alerte avait été vive, les mesures préservatrices n'en furent que plus complètes. Le soir, la ville entière était occupée militairement et l'on ne pouvait passer d'une rue à une autre sans se heurter à des sentinelles ou apercevoir un bivouac. Le lendemain fut aussi morne que la veille avait été agitée. Des uniformes partout, et plus la queue d'un tapageur. C'était fini.

Que vous dirai-je de plus ? Il ne se passa rien d'extraordinaire jusqu'au 25 juin. Le nouveau préfet, M. Durand-Saint-Amand, arriva deux jours après que tout fut rentré dans l'ordre, et à la fin du mois eut lieu l'élection d'un député à l'Assemblée Nationale, en remplacement de Lamartine. Ce fut le candidat modéré, Antony Thouret, notre ex-préfet provisoire, natif des environs de Douai, qui fut élu[*].

---

[*] Une sorte de Congrès, formé des délégués républicains de tous les arrondissements, avait choisi sa candidature de préférence à celles de MM. Ulysse Tencé, présenté par les « avancés » de Lille, Degouve-

Il obtint 48,000 voix ; les oppositions diverses portèrent leurs suffrages sur MM. Mimerel (bonapartiste), qui eut 26,000 voix ; Tencé (radical), 11,000, et de Genoude (clérical), 6,000. J'ai retrouvé ces chiffres dans un journal de l'époque, et je vous les sers ici pour vous montrer le commencement de l'évolution qui s'opère dès ce moment dans le pays vers le césarisme.

On commençait déjà à parler beaucoup du prince Louis « le neveu de mon oncle », et s'il était encore impossible de prévoir sa prochaine et extraordinaire fortune, il ne fallait pas être sorcier pour deviner que l'ancien prisonnier de Ham manigançait subrepticement son entrée en scène.

Ce fut, en effet, aux cris de « Vive Napoléon » et de « Vive Barbès » que s'inaugura à Paris la terrible insurrection de juin. Les agitations avaient commencé dès le 12 ; le 23, la grande ville était tranformée en un vaste champ de bataille, et la nation se mettait en marche de toute part pour secourir la République.

A Lille, où M. Duhaut venait d'être élu colonel de la garde nationale, la consternation et l'irritation étaient grandes. Les histoires les plus abominables circulaient sur les horreurs que commettaient les insurgés, sur leur traîtrise et leur férocité. On

---

Denuncques, proposé par les délégués de Valenciennes, et Delaville par ceux d'Avesnes.

Peu de jours après, M. Degouve-Denuncques fut nommé préfet du Pas-de-Calais.

disait qu'ils mettaient du poison dans leurs balles pour rendre les blessures mortelles, qu'ils attiraient les officiers derrière leurs barricades par de feintes capitulations et qu'ils les massacraient. On ajoutait qu'ils prenaient plaisir à torturer les blessés qui leur tombaient entre les mains. Et j'ai le regret de déclarer que ces accusations n'étaient point de simples calembredaines.

— Mais que diable veulent-ils, ces brigands-là ? se demandaient les bonnes gens, qui n'y comprenaient goutte.

— C'est la levée de boucliers des chourineurs, grinches et rufians de toute sorte ! concluaient ceux qui traduisaient le plus fidèlement l'opinion générale.

— Hum ! opinaient les malins. Peut-être y a-t-il quelque autre anguille sous roche !

Mais tout le monde était d'accord sur un point : c'est que le pays ne pouvait pas vivre plus longtemps dans la fièvre qui le minait depuis le mois de février et qu'il fallait en finir, coûte que coûte.

En conséquence de quoi les milices lilloises, et aussi celles des autres villes de Flandre et d'Artois, Roubaix, Tourcoing, Douai, Valenciennes, Le Quesnoy, Merville, Maubeuge, Avesnes, Arras, Saint-Omer, Saint-Pol, Boulogne, etc., résolurent de marcher sur Paris, pour écraser l'insurrection et étouffer l'hydre de l'anarchie.

Le dimanche 25 juin, au matin, un acte solennel s'accomplit à l'Hôtel-de-Ville de Lille : on tira au sort, à raison d'une par bataillon, les compagnies qui feraient partie du corps expéditionnaire. Huit compagnies furent ainsi désignées : cinq de la garde nationale, une de canonniers, une de sapeurs-pompiers et une de la ligne. Les noms d'officiers qui sortirent de l'urne furent ceux de MM. Deblock, commandant ; Vernest, adjudant-major ; Béharel, capitaine... J'ai oublié les autres. Ce que je n'ai pas oublié, c'est l'enthousiasme qui présida à cette martiale opération, les acclamations de ceux qui appartenaient aux compagnies désignées et les jurons de ceux que le sort n'avait point favorisés. Je vis réapparaître en cette tragique circonstance l'âme forte de nos ancêtres flamands.

Le départ devant s'effectuer le soir même, les compagnies se réunirent dans l'après-midi à l'Hôtel des Canonniers, où elles furent passées en revue par le colonel Duhaut, le préfet et le maire Bigo.

Après quoi, elles se formèrent en colonne, sac au dos et pains piquées à la baïonnette, et, en avant, marche ! elles gagnèrent la gare par la rue de Roubaix, saluées par les hourras émus d'une foule immense, qui resta jusqu'à nuit close dans la cour de l'embarcadère, en criant sans relâche de ses vingt mille voix :

« Vive la République ! Vive l'Assemblée Nationale ! »

Vers dix heures seulement le train s'ébranla...

Comme vous le savez sans doute, la guerre était
à peu près terminée quand les milices du Nord
arrivèrent à Paris. On les avait débarquées dans les
banlieues, pour les acheminer de là vers les canton-
nements qui leur étaient destinés. Sur leur route,
les bruits les plus contradictoires leur étaient rap-
portés. Suivant les uns, Paris était au pouvoir de
l'insurrection et les troupes provinciales allaient au-
devant de la mort, comme troupeaux conduits à
l'abattoir ; selon les autres, au contraire, la rebel-
lion était noyée dans son propre venin, et les gens
du Nord n'avaient qu'à s'en retourner tranquillement
chez eux. Il était visible que personne ne savait
rien de précis, toutes les communications étant
interrompues ; mais le sentiment général chez les
habitants des banlieues était un naïf étonnement et
une sorte de reconnaissance attendrie, à la vue de
ces volontaires qui venaient de si loin à leur secours,
traînant avec eux canons et caissons.

— Quoi ! vous venez de Lille-en-Flandre ! C'est-il
bien possible ! Ah ! vous êtes de braves gens, vous
autres !

A Paris, le jardin des Tuileries fut assigné à nos
miliciens pour lieu de campement. Les Lillois du
moins y furent envoyés, et la garde des insurgés
prisonniers, enfermés, au nombre de plusieurs milliers, dans les souterrains des terrasses, leur fut
confiée. Cette mission, en apparence peu dangereuse,
faillit cependant leur devenir fatale, et il s'en fallut
de l'épaisseur d'un cheveu que la moitié des gardes

nationaux lillois ne revit jamais les vieilles tours du palais Rihour. Je vais vous dire comment.

Dans la nuit même qui suivit leur arrivée, c'est-à dire celle du 26 au 27 juin, on les chargea d'escorter je ne sais où une colonne de deux ou trois cents prisonniers, qu'on avait négligé de ligotter. Pas plus loin qu'au milieu de la place du Carrousel, ces captifs se mutinent, font subtilement une trouée dans l'escorte et détalent ventre à terre de tous côtés. Conformément à leur consigne, les gardes nationaux tirent sur les fuyards, un peu au hasard, dans l'obscurité. Les camarades restés aux Tuileries croient à une attaque et se mettent à tirer sur ceux qui tirent : ceux-ci tombent dans la même erreur et ripostent. Le capitaine Béharel devine la méprise et s'élance en criant trêve, un fallot à la main. On se reconnaît enfin et on arrête les frais — trop tard malheureusement pour quelques-uns de nos compatriotes, qui gisent sur le pavé, morts ou blessés. Je me rappelle qu'au nombre des premiers était un pauvre diable d'ouvrier de la manufacture des Tabacs nommé Bernary, et parmi les seconds le citoyen Landas, à qui l'on donna plus tard, en échange de son oreille perdue, la place de directeur du cimetière.

Les compagnies lilloises eurent d'autres victimes. Personne n'avait songé, dans l'enthousiasme du départ, aux conséquences fatales que pouvait entraîner l'uniforme trop rudimentaire des gardes nationaux en blouse. Cet oubli fut un gros malheur pour quelques-uns d'entre eux. Pour combien ? Point ne

le sais exactement. Il me souvient seulement qu'on
parla, en ce temps-là, de plusieurs disparitions
inexpliquées, sur lesquelles les récits de certains des
revenus ouvrirent des perspectives lamentables.

Dans la confusion qui suivit l'échauffourée du
Carrousel, on engloba par mégarde dans la centaine
de prisonniers que l'on réussit à ressaisir quelques-
unes de ces blouses malencontreuses, qui furent
immédiatement fourrées dans les souterrains, pêle-
mêle avec les insurgés rattrapés. L'une d'elles eut
la chance de se trouver colloquée près d'un soupi-
rail, à travers lequel, le jour venu, elle put apercevoir et appeler un des volontaires lillois en faction
dans le jardin des Tuileries, et l'avertir de sa mésaventure, ainsi que de celle d'un de ses compagnons.
De ces deux-là qui furent ainsi, j'ai connu le premier et j'aime à croire qu'il est encore de ce monde ;
quant à l'autre, il avait éprouvé une telle émotion,
qu'il en perdit la tête et se tua, pendant le voyage
de retour, en se jetant sur la voie par la portière du
wagon.

Ainsi finit cette expédition plus généreuse qu'utile.
Les volontaires du Nord et du Pas-de-Calais revin-
rent au pays dans la nuit du 28 au 29, au grand sou-
lagement de leurs familles. Leur rentrée fut, bien
entendu, moins joyeuse que leur départ, car non
seulement il y en avait parmi eux qui manquaient à
l'appel, mais encore on avait appris, pendant leur
absence, la mort du bon et brave général Négrier,
tué le 25 sur la barricade du faubourg Saint-Antoine.

La ville de Lille réclama la dépouille de ce vaillant homme, son fils d'adoption, lui fit de nobles funérailles et le ressuscita en bronze par les mains du statuaire Bra. Mais tous les honneurs du monde ne pouvaient mie rappeler sa grande âme envolée vers les régions d'où l'on ne revient pas, et comme le remarqua judicieusement une vieille dame, qui assistait à mes côtés au défilé du cortège funèbre : « Tout ça c'est de l'esbrouffe pour les vivants et peu d'affaires pour les morts ! »

VII

Le coup d'Etat
et la Conspiration de la Citadelle.

Le coup d'Etat !... Quand on prononce ce gros
mot-là aujourd'hui, il semble que l'on parle de haute
trahison, et l'on éprouve comme un frisson d'épouvante et d'horreur. Eh bien ! le respect de la vérité
m'oblige à vous dire que l'événement lui-même ne
produisit pas un effet tout à fait pareil sur les gens
de l'époque. Il s'en faut même de beaucoup.

Ce n'est pas que l'on fût fort sympathique au
prince-président à Lille et dans le Nord : contraire-
ment au Pas-de-Calais, qui lui était favorable, notre
département avait donné la majorité au brave et loyal
Cavaignac, lors des élections présidentielles, et les

journaux à caricatures ne se gênaient mie pour tourner en ridicule le « neveu de mon oncle ». Je me rappelle avoir vu, en ce temps-là, nombre de médailles de cuivre ou d'étain qui se vendaient publiquement, sur lesquelles le « fantoche de l'Elysée » était rudement traité. Dans les milieux bourgeois, on le prenait généralement pour un imbécile, on le regardait comme une manière d'homme de paille, comme un personnage sans capacités et sans conséquence, dont la magistrature n'était que la préface d'une restauration quelconque. Par contre, le populaire avait plutôt pour lui une inclination instinctive et latente, à cause de son nom, le nom du grand Napoléon, dont Béranger avait dit avec raison qu' « on parlerait de lui sous le chaume bien longtemps ».

Mais l'effervescence des passions politiques, les menées menaçantes des démagogues, la crainte de voir surgir encore un jour ou l'autre la guerre civile, un immense besoin de calme et de sécurité firent que la bourgeoisie accepta l'usurpation de Décembre comme une solution. La masse y demeura indifférente. Seuls les républicains s'indignèrent et voulurent résister à cette violation de la loi, s'efforçant d'entraîner le peuple avec eux ; et ils ne furent guère suivis.

Le 2 décembre 1851, jour du coup d'Etat, avant

même que l'on ne connût les décrets, les places et points stratégiques de la ville de Lille furent occupés militairement, en même temps que les rues étaient parcourues par de fortes patrouilles de cavalerie. Personne ne bougeant, bien qu'on sentit quelques frémissements sous cette immobilité, la troupe rentra dans ses quartiers dès le lendemain.

Cette retraite fut le signal de rassemblements, qui se formèrent sur divers points, mais qui furent aisément dispersés. Enfin, le 4, au soir, la Grande-Place fut envahie irrésistiblement par une foule immense et grondante, qui acclamait la République, huait Bonaparte et appelait à grands cris les chefs ordinaires du parti républicain. Elle ignorait encore que la plupart de ceux-ci étaient déjà arrêtés, ou surveillés ou fugitifs. Au nombre de ces derniers était Bianchi, qui habitait alors une maison de la rue de Béthune confinant au canal; il avait fui dans une barque et était allé se réfugier dans les souterrains de Lezennes, où il se trouvait encore au moment où la foule l'appelait en vain.

Un groupe de citoyens courageux, parmi lesquels étaient Gustave Testelin, frère du député, Fémy, avocat, Gramain, principal rédacteur de l'*Écho du Nord*, le docteur Martinage, président de la boucherie coopérative de l'*Humanité*, se mirent à haranguer le peuple et proposèrent d'aller protester solennellement à l'Hôtel-de-Ville et à la Préfecture. Des hourras unanimes accueillirent leur proposition; une colonne énorme se forma derrière eux et s'ébranla.

Mais le préfet, M. Besson, de sombre mémoire, était des affidés de la conjuration césarienne ; il avait pris ses précautions et donné ses ordres. La troupe parut en forces et chargea carrément. Un certain nombre de manifestants, armés de pistolets et de bâtons, voulurent résister. Des bousculades, des mêlées, des poursuites, des escarmouches se produisirent, et cette lutte confuse et inégale se prolongea assez avant dans la nuit. L'issue n'en était pas douteuse cependant : vers deux heures du matin, la protestation lilloise était définitivement étouffée.

Le lendemain matin, les troupes bivouaquaient de nouveau et plus fortement que jamais sur les places et carrefours. MM. Gramain, G. Testelin, Fémy, Martinage et leurs amis étaient conduits dans les casemates de la citadelle, et l'*Echo du Nord* était « supprimé ». Quant au journal radical, le *Messager*, il y avait déjà trois jours qu'il ne donnait plus signe de vie.

Malgré la manifestation des protestataires — peut-être même à cause d'elle, car nombre de gens timorés la confondirent avec certaines émeutes de 1848, — le nouveau régime ne rencontra pas dans le Nord d'opposition sérieuse. Au contraire, quand les faits furent accomplis, je sais de farouches révolutionnaires, de ces outranciers qui ne trouvent jamais personne assez pur et affectent de voir partout des tièdes et des suspects, qui devinrent du jour au lendemain de fougueux impérialistes et se signalèrent par leur intolérance et l'excès de leur zèle réactionnaire. Ainsi va le monde. Vous pouvez être certain qu'en cela il n'a point changé et qu'il ne changera jamais. Méfiez-vous des esbrouffeurs, mes enfants, c'est le commencement de la sagesse !

J'ai dit, dans un chapitre précédent, qu'après le procès des Montagnards et la fermeture des cabarets qui servaient de centres de réunion, un certain nombre de minces bourgeois, employés, contre-maîtres et ouvriers républicains avaient pris l'habitude de se retrouver au petit estaminet Groulez, rue Basse. Je dois vous le rappeler, parce que c'est ce groupement qui fut l'origine des deux conspirations dont je vais avoir à vous parler. De petites causes peuvent avoir de grands effets.

Par une chance assurément bien rare en ce temps qui fut en quelque sorte une longue apothéose de l'autocratie, ni le préfet Besson ni sa légion de mouchards ne semblent s'être jamais doutés des conciliabules qui se tenaient régulièrement à l'esta-minet Groulez. Et pourtant, ceux qui y prenaient part ne se contentaient point de regrets platoniques : ils agissaient. Ils s'étaient constitués en escouades de six hommes et avaient organisé un système de relations avec la Belgique. Une escouade était de service chaque semaine; ceux qui la composaient passaient la frontière, en voiture, à pied ou en chemin de fer (plusieurs employés de la Compagnie du Nord faisaient partie du groupe), et rapportaient d'Ypres, de Tournai ou de Mouscron les objets que l'on voulait introduire secrètement: armes, munitions, livres et journaux interdits. Une année se passa ainsi.

Vers la fin de 1852, arriva à Lille un jeune médecin militaire, le docteur Watteau, qui venait de donner sa démission pour exercer librement sa profession; il s'installa place des Reigneaux. C'était une nature généreuse, sympathique et remarquablement douée. En peu de temps, grâce à son dévouement pour les pauvres, aux soins empressés et gratuits qu'il prodiguait aux ouvriers, à ses grandes capacités médicales, il acquit une influence considérable dans les milieux populaires. Comme il était en même temps républicain ardent, il ne tarda pas à devenir le chef de la faction active, recrutant incessamment des prosélytes et entretenant des relations suivies avec les membres du parti qui avaient échappé à la proscription. Son principal ami, à Paris, était M. Ranc. A Lille, il s'était lié étroitement avec M. Jules Demeunynck, fils d'un fonctionnaire supérieur de la préfecture, qui partageait ses convictions et aussi son intelligence.

Suivant un plan convenu avec les sociétés secrètes de Paris, il divisa la ville en quatre sections qui avaient chacune leur groupe plus ou moins nombreux et leur lieu de. réunion. Les conjurés, car c'était une véritable conspiration qui s'ourdissait ainsi en secret sous la direction du docteur Watteau, avaient pour instruction de s'exercer au maniement des armes, du pistolet et du poignard particulièrement. Un certain nombre de sous-officiers de la garnison étaient du complot et devaient jouer un rôle important dans le coup de main qui se préparait.

Les préliminaires étaient minutieusement conduits. Une à une, on avait recueilli les adresses des officiers de tout grade, afin de les arrêter à domicile et de les empêcher de rejoindre leurs troupes, et celles des principaux fonctionnaires civils dont on devait s'assurer.

Le but poursuivi était la surprise de la citadelle, que les militaires affidés devaient faciliter. La possession de la forteresse entraînait celle de la ville elle-même, et Lille devenait ainsi la base d'opération d'une insurrection formidable, qui devait éclater au moment même où le nouveau César serait frappé par les Brutus parisiens à l'Hippodrome ou à l'Opéra-Comique, selon le théâtre où l'empereur se dirigerait ce soir-là.

La conjuration de Paris fut éventée, et les perquisitions qu'elle détermina firent découvrir celle de Lille. Napoléon ne fut pas frappé et la citadelle ne fut pas prise. En revanche, M. Ranc fut arrêté à Paris et M. Watteau à Lille, l'un et l'autre avec ceux de leurs amis qui ne réussirent point à fuir. Le docteur, conduit à Paris, fut, après neuf mois d'attente, condamné à trois années de détention, qu'il accomplit à la prison d'État de Belle-Ile-en-Mer, et à l'expiration desquels il fut exilé.

Soit qu'il fût parvenu à détruire à temps les papiers compromettants, soit qu'il les eût si bien cachés qu'on ne les découvrit pas, les poursuites ne furent point nombreuses à Lille, mais l'alerte n'en avait pas moins été si vive, que toute l'organisation si habilement combinée par le docteur Watteau se détraqua du coup. Tout rentra sous terre et tous se tinrent cois, à la seule exception du petit groupe de l'estaminet Groulez, qui continua son va-et-vient entre la France et la Belgique, mais se contenta dès lors de limiter aux livres et aux journaux ses procédés d'importation.

Tels furent l'origine, le développement et la fin de la conspiration audacieuse, si audacieuse qu'aujourd'hui elle nous semble presque ridicule, qui avait pour but d'emporter avec des sabres de bois et des pistolets de paille la forteresse fameuse que l'on appelle le chef-d'œuvre de Vauban. C'était quelque chose comme tuer un lion à coups de parapluie. Et

cependant, bien peu s'en fallut que ce rêve extrava-
gant ne se réalisât*.

Le vrai peut quelquefois n'être pas vraisemblable.

. Le docteur Watteau, devenu par la suite l'un des médecins les plus
en renom de Belgique, exerce encore à Bruxelles, au moment où j'écris
ces lignes. Je tiens de lui ce détail, que le coup de main de Lille aurait
certainement réussi, nonobstant l'avortement de la conspiration de
.Paris, sans la défection de certains officiers qui reculèrent au dernier
moment. La Citadelle devait être livrée par les conjurés militaires et
occupée sans combat.

VIII

L'attentat de Pérenchies.

Le premier voyage de Napoléon III à Lille, en 1853, contribua beaucoup à rallier la masse de la population au nouveau régime. L'appareil de la puissance souveraine, auquel les yeux n'étaient plus habitués, l'extrême beauté, la grâce, le charme de l'impératrice, furent sans doute pour quelque chose dans ce résultat. Ce qu'il y a de certain, c'est que le public fut séduit et qu'il accueillit fort mal certains bruits qui circulèrent en ces jours-là, relativement à un complot dirigé contre la personne impériale, manigancé par une société secrète, déjoué par la police et étouffé par la justice pour ne pas troubler les réjouissances. Ce qu'avait été cette ténébreuse machination, je ne crois pas qu'on l'ait jamais su exactement. Il me semble me souvenir qu'il fut question de « machine infernale » et d'une association dite « des Poignards » ; mais comme ces faits sont déjà loin et que l'aventure fit peu de bruit, je ne puis rien affirmer à cet égard.

Quoi qu'il en fût, l'existence seule de ce complot prouvait que les réfugiés de Belgique et d'Angleterre n'avaient pas désarmé et qu'ils entretenaient en France des intelligences actives. Aussi la police avait-elle les yeux ouverts et exerçait-elle une surveillance minutieuse sur les allées et venues de tous les citoyens connus pour leur attachement au principe républicain, même de ceux qui ne songeaient pas plus à conspirer que vous et moi à dire messe.

Ce fut une période excessivement pénible non seulement pour les républicains, mais aussi pour tous ceux qui professaient des idées le moindrement libérales. Les uns et les autres étaient presque également suspects, et je ne pense pas que personne, en ce temps-là, se serait soucié de lâcher dans un café le plus petit mot de politique. On s'absorbait dans ses affaires, on taquinait l'ivoire des dominos ou du billard, on tapait à cartes ; le théâtre était le seul sujet que l'on se permît de discuter, et encore !... Sur tout le reste, on était muet comme poisson.

Mais l'homme est, paraît-il, un animal essentiellement apprivoisable ; il y a bel age, d'ailleurs, qu'on l'a qualifié « bête d'habitude ». Le fait est que l'on s'accoutuma assez promptement à ce genre d'existence, qui n'était point sans commodité pour les esprits placides et moutonniers, satisfaits de vivre tranquillement sous la protection d'une manière de Providence gouvernementale qui se chargeait de tout, même de ce qui ne la regardait pas, et ne leur demandait que de la laisser faire, de voter pour ses créatures et de souscrire de temps en temps à ses emprunts.

Tout le monde cependant n'était mie de ce bois-là ; il y avait encore des gens qui ne renonçaient pas à prendre leur revanche, à tirer vengeance du coup d'État et à rétablir la République. L'année 1854 allait le démontrer.

Dès les premiers jours de l'été, certains symptômes menaçants se manifestèrent. On se disait de la bouche à l'oreille, parmi les rares opposants, que quelque événement se préparait, que les réfugiés s'agitaient, à Bruxelles, et avaient de fréquents conciliabules à Mouscron avec les hommes d'action de l'ancien groupe Bianchi, et que les copains de l'estaminet Groulez avaient reçu l'avis de rechercher et de réunir en lieu sûr les armes cachées, deux ans auparavant, lors de la déconvenue de la Citadelle.

Qu'allait-il survenir ? Personne n'en avait le moindre soupçon. Mais on vivait dans l'attente de quelque explosion soudaine, assez sceptique au fond sur le résultat possible, mais auxieux malgré tout devant l'inconnu.

On en était là, lorsque la nouvelle se répandit — et les journaux, quoique étroitement muselés, la publièrent eux-mêmes — que l'empereur, alors au camp d'Elfaut, près de Saint-Omer, se disposait à aller rendre à Léopold la visite qu'il en avait récemment reçue, à Calais, et à profiter pour cela du séjour du roi des Belges à Tournay, où de grandes fêtes se préparaient.

— « Voilà un voyage dont je me priverais avec soin, si j'avais la malchance de m'appeler Bonaparte ! Tu n'as pas idée, mon bon, combien le climat de la Belgique est mauvais pour certains tempéraments. »

Celui qui me tenait ce libre langage était un portraitiste alors en vogue, dont l'épée n'était pas moins réputée que le crayon et le pinceau, une sorte de Benvenuto.lillois, dans l'atelier de qui les amateurs d'art, d'escrime ou simplement de franc-parler se réunissaient volontiers pour deviser, pipette au bec. Les vieux d'à présent, qui étaient les jeunes d'alors, devinent de qui je veux parler : Louis Lallou, ce curieux type d'artiste-spadassin, au nez crochu, à la barbe fourchue, aux longs cheveux noirs tombant sur les épaules, souple et fort comme l'acier, maigre et agile comme un chat sauvage, qui ressemblait plutôt à un capitan du XVIe siècle qu'à un brosseur de toiles du XIXe.

L'avis implicitement contenu dans le sarcasme de Lallou était généralement partagé par tous ceux qui étaient peu ou prou au courant des menées révolutionnaires. L'empereur devant nécessairement se rendre à Tournay par la ligne d'Hazebrouck, Lille et Mouscron, la seule existante à cette époque, il paraissait évident que le coup préparé serait frappé soit sur le trajet, soit à Tournay même.

Le 10 septembre 1854, second dimanche de la foire, les bons bourgeois qui comptaient assister du haut du rempart des Buisses à l'arrivée du train impérial dans la gare de Lille, essuyèrent une grosse déception : ils attendirent sous l'orme, le train ne se montra point. Le lundi, jour de la Braderie, on apprit avec étonnement que le programme avait été subitement changé, et que l'empereur, au lieu de se rendre à Tournay, était rentré à Paris par la ligne de Boulogne, après la grande revue d'Elfaut.

Le soir de ce même jour, nous étions réunis comme de coutume, une demi-douzaine d'amis, dans l'atelier de Lallou, commentant justement ce contre-ordre inattendu : « C'est un homme soigneux de sa santé, disait narquoisement le peintre ; il a senti le mauvais air ! » lorsque survint Alexandre Leleux, de l'*Echo du Nord*, tout bourré de nouvelles.

Et elles étaient de conséquence, les nouvelles.

L'empereur avait échappé comme par miracle. On avait découvert un complot terrible, qui avait pour but de faire sauter le train impérial entre Pérenchies et Lambersart, et saisi, enterré à cet effet sous la voie, une torpille dont les conjurés devaient provoquer l'explosion au moyen de fils électriques aboutissant à une pile établie en plein champ. L'engin meurtrier était présentement entre les mains de M. Kuhlmann, que l'on avait chargé d'en analyser chimiquement le contenu.

— Voilà qui ne contribuera pas à améliorer le temps, remarqua judicieusement Lallou.

Si l'affaire fit du tapage dans Landerneau, point n'est nécessaire de vous le dire. Vous voyez d'ici le long et fastidieux défilé des indignations officielles, des protestations de dévouement, des adresses de félicitation des corps constitués, des *Te Deum* de reconnaissance, etc., etc.; et aussi le redoublement de sévérité, les perquisitions réitérées ici, là et ailleurs, les arrestations plus ou moins motivées.

On apprit bientôt que la découverte de la conspiration n'avait pas été aussi soudaine qu'on l'avait cru d'abord ; mais que la police, au contraire, était depuis longtemps vaguement instruite d'un complot qui se tramait, sans savoir avec certitude à quoi il tendait et comment il se produirait, et que c'était sur les avis venus de la préfecture du Nord que le projet de voyage impérial à Tournay avait été abandonné.

Mais ce ne fut que par les débats du procès que le

6

public connut l'affaire dans tous ses détails ; et ce procès ne s'ouvrit que onze mois plus tard. Les inculpés subirent donc près d'une année de détention préventive à la maison d'arrêt de Lille, délai qui faillit amener l'évasion du plus gravement compromis d'entre eux.

Celui-ci était M. Dhennin, conducteur de travaux. Il dirigeait, à cette époque, la construction de l'hôtel de M. Lallier, vice-président du tribunal civil de Lille, hôtel situé sur la place du Concert, et dont il fit le magasin secret de son matériel de conspirateur ; de sorte que, par une singulière ironie du hasard, ce fut le domicile d'un des principaux magistrats de la ville qui recéla les armes destinées à exterminer l'empereur.

Quand les conjurés virent leurs préparatifs découverts, le lundi matin, ils se hâtèrent de fuir, sans songer à avertir leurs amis, qui, au nombre d'une quarantaine, commandés par un sieur Basin, et munis d'armes cachées sous leurs vêtements, se promenaient isolément sur la Grande-Place, en attendant le résultat de l'explosion de Pérenchies et le signal de l'insurrection. Ceux-là furent déçus comme les curieux l'avaient été la veille : eux aussi, ils attendirent sous l'orme. Quant aux fugitifs, ils allèrent chercher un refuge temporaire dans les souterrains de Lezennes, d'où ils s'échappèrent ensuite un à un. Mais comme la police les connaissait, il n'en furent pas moins presque tous pris. M. Dhennin, qui avait été le bras, sinon l'âme du complot, fut de ce nombre.

Les républicains, voyant que l'instruction traînait en longueur, songèrent à préparer son évasion. Deux d'entre eux, MM. Potié et Courtecuisse, d'Haubourdin, obtinrent d'un garde de l'Abbaye de Loos, qui partageait leurs opinions, le sieur Cappe, qu'il permutât avec un de ses collègues de la prison de Lille et se fit l'intermédiaire entre eux et le prisonnier qu'on voulait sauver. En peu de temps tout fut convenu : M. Dhennin devait quitter la maison d'arrêt déguisé en garde par les soins de Cappe, et se rendre rue d'Angleterre, où un républicain de La Madeleine, M. Dewaleyne, l'attendrait avec son cabriolet pour le conduire aussitôt à la frontière. A l'heure dite, un petit groupe d'amis politiques, au nombre desquels étaient M. Pierre Warin et M. Fidèle Varvenne, aujourd'hui décédé, attendaient le fugitif auprès du véhicule prêt à filer par la porte d'Ypres. Le temps s'écoula sans que le fugitif parût. Enfin, après une attente qui leur parut bien longue, ils virent arriver le garde Cappe, qui leur annonça, en pleurant de rage, que M. Dhennin avait reculé au dernier moment devant les risques de l'aventure.

Ainsi avorta une entreprise qui avait été conduite avec autant d'habileté que de discrétion, dont la réussite paraissait certaine, et pour laquelle la jeunesse républicaine de Lille avait généreusement bravé les plus grands dangers.

Le procès s'ouvrit le 10 août 1855 devant la Cour d'assises de Douai. Les accusés étaient au nombre de sept, outre la personne dont je parlais tout à l'heure, M. Dhennin. C'étaient : Nicolas Jacquin, ingénieur, et Célestin Jacquin, mécanicien, réfugiés à Bruxelles depuis le coup d'Etat ; Joseph Vandomme, tailleur, né à Saint-Omer, mais habitant Lille ; Emile Desquiens, menuisier à Ronchin ; Joseph Dussart, serrurier ; Louis Cordelier, dit le Matelot, fileur ; et François Desrumetz, journalier, demeurant tous trois à Lezennes. Du moins ceux-là seuls furent englobés dans le procès de Douai ; d'autres également compromis, par exemple les sieurs Leclercq, Lasseron et Deron, dit Lecomte, avaient déjà été condamnés isolémınt. De ces huit accusés, cinq seulement comparurent ; les deux Jacquin, résidant à l'étranger, et Vandomme, en fuite, étaient contumax. Quand aux véritables inspirateurs du complot, qui étaient certainement parmi les réfugiés de Bruxelles et de Londres, l'instruction ne paraît pas les avoir découverts, car l'acte d'accusation, publié par tous les journaux du Nord, ne les mentionnent point.

Il résulte de ce document que, le 11 septembre 1854, le sieur Gallois, cantonnier du chemin de fer, faisant sa tournée du matin sur la ligne, entre Lille et Pérenchies, remarqua que le ballast de la voie de droite avait été récemment remué, non loin du poteau kilométrique 278/758. Il héla l'un de ses collègues, le sieur Heuse ; et à eux deux ils se mirent à écarter les briquaillons. A la profondeur d'un pied ils aperçurent, sous l'une des traverses supportant les rails, un gros tube de fer, d'où partaient deux fils métalliques recouverts de coton. Ils dégagèrent l'appareil, après avoir coupé les fils, dont ils suivirent le trajet pour voir où ils aboutissaient. Longs d'une trentaine de mètres, ces fils, adroitement appliqués contre terre, s'arrêtaient dans une manière de cabane, où était déposée une pile prête à fonctionner.

Gallois et Heuse se hâtèrent de venir faire leur déposition au commissaire de la gare de Lille, à qui ils apportèrent en même temps le formidable engin. Immédiatement averti, le parquet entra aussitôt en mouvement avec un zèle sur lequel je crois superflu d'insister : c'était la piste perdue de la conspiration, que le hasard venait de remettre sous le nez de la justice.

La torpille, faite d'un tube de fer de vingt-cinq centimètres de longueur sur douze de diamètre, fermé par des plaques solidement fixées, était chargée de deux kilos et demi de fulminate de mercure. Bombe, matière explosive, pile et rhéophores, fournis par les Jacquin, avaient été introduits isolément en France par Desrumetz et Deron. La tarière nécessaire pour loger la machine sous la voie avait été fabriquée par Dussart avec une barre de fer provenant des matériaux de l'hôtel Lallier. C'est Vandomme qui avait accepté la mission de mettre le feu à la pièce au passage du train.

Les six conjurés, sous la direction de Dhennin,

avaient dressé l'embûche dans la nuit du dimanche au lundi, à la faveur des ténèbres. Ils ignoraient encore que, par suite du changement survenu dans les intentions de l'empereur, ils travaillaient pour le roi de Prusse.

La défense de M. Dhennin fut habile : elle consista à soutenir qu'il était étranger à l'attentat, qu'il n'y avait rien de commun entre lui et le « mazinguier » de Pérenchies, et peut-être eût-il été impossible de prouver matériellement sa participation, si son système n'avait été détruit par les aveux arrachés à ses compagnons et par le témoignage décisif d'un ouvrier peintre, César Cordier, qu'il avait tenté vainement de faire entrer dans le complot.

Les accusés avaient pour avocats Mes Flamant, Legrand, Leroy et Pellieux, et les débats durèrent deux jours. Finalement le verdict fut favorable à Dussart, Cordelier et Desrumetz, qui furent acquittés. L'arrêt fut sévère, au contraire, pour Desquiens, qui encaissa cinq ans de prison, et davantage encore pour Dhennin, qui fut condamné aux travaux forcés à perpétuité. Celui-ci subit la « guillotine sèche », ainsi qu'on appelle Cayenne dans le monde des escarpes et des surineurs : il fut déporté à la Guyane, où il passa quatorze années et d'où l'intervention de M. Kolb-Bernard réussit à le tirer vivant en 1869.

Telle est l'histoire de l'attentat de Pérenchies, qui fit grand tapage, il y a tantôt quarante ans, qui ne blessa personne, si ce n'est ses propres auteurs, et ne servit qu'à faciliter l'avancement de divers magistrats et fonctionnaires. Je me trompe, il eut en outre un autre résultat : celui d'augmenter encore, si c'était possible, l'omnipotence des préfets, l'impuissance de l'opposition et l'horreur des bonnes gens pour la politique. Si l'on parlait peu auparavant, on ne parla plus du tout, et la France désormais fut mûre pour la gloire et pour la fortune du maëstro Offenbach.

IX

Les dernières rafles.

Comme je viens de vous le dire, les débats du coup raté de Pérenchies n'eurent pas précisément pour effet d'augmenter le prestige de l'opposition et de rendre au public le goût de la politique militante. Je me rappelle une discussion fort vive qui, en ces jours-là, éclata en ma présence — dans un lieu clos et couvert, cela va sans dire, — et qui donne très exactement la note du sentiment général. Un de mes amis, sceptique personnage qui ratiocinait volontiers pour la galerie, mais qui en réalité avait la politique en horreur et votait fort correctement pour les candidats officiels, soutenait cette théorie, singulière dans sa bouche, que « quand la force prime le

droit, l'insurrection et l'attentat sont les plus santsi
des devoirs ». Une vieille moustache, qui depuis
quelques instants contenait mal son impatience, lui
riva son clou à peu près en ces termes :

— Monsieur, je n'entends rien à vos subtilités :
je suis un soldat et non un avocat. Mais j'ai ceci à
vous répondre, et je pense que je ne serai désavoué
par aucun honnête homme. Insurgez-vous tant que
vous voudrez, c'est bien : on se battra homme
contre homme et la victoire sera au plus fort.
J'irai plus loin encore : attaquez celui que vous
tenez pour un parjure et un tyran, frappez-le
vous-même face à face, en pleine poitrine, en risquant votre vie pour prendre la sienne. C'est un
duel à mort tout comme un autre, et je l'admets
encore. Mais ces complots conçus et perpétrés dans
les ténèbres, ces machines infernales qui tuent ou
estropient cent badauds, femmes, enfants, officiers,
fonctionnaires ou domestiques, sous prétexte d'at-
teindre un souverain, cela, monsieur, n'a qu'un
nom dans la langue des braves gens : c'est un crime.
Ceux qui le commettent sont de vulgaires assassins,
et ils doivent être traités comme tels. Morbleu,
monsieur, on peut toujours tuer un homme, fût-il
empereur, et le tuer tout seul, quand on le veut
fermement, mais à la condition d'avoir fait d'avance
le sacrifice de sa propre vie... Et c'est justement
devant cette condition-là que reculent tous vos
fameux conspirateurs : ils veulent bien tuer les
autres en bloc et de loin, mais non risquer leur

vilaine peau... Eh bien ! monsieur, j'appelle ces gredins-là des assassins et des lâches !... Voilà ce que j'avais à vous dire.

Notez, je vous prie, que je n'entends point discuter l'opinion de cet excellent Ratapoil, qui dort depuis fort longtemps du sommeil des guerriers qui ont suffisamment grignoté leur retraite ; je me borne à vous la rapporter aussi exactement qu'il m'est possible, parce qu'elle est l'écho fidèle de ce que pensait alors la masse de la population.

Vous pouvez facilement induire de là que la défaveur publique englobait tous ceux que l'on savait républicains ou libéraux, et que l'on tenait, parfaitement à tort d'ailleurs, pour quasi solidaires des complots dirigés contre la personne impériale. En ce temps-là, quand on avait dit de quelqu'un : « C'est un homme qui fait de la politique », le malheureux était toisé : amis et parents, tout le monde le fuyait ; il pouvait faire son deuil de tout avancement, s'il était employé ; déposer son bilan, s'il était commerçant. Les lépreux et les pestiférés n'étaient point dans une position plus incommode, au Moyen-Age.

Quelques gros bourgeois échappaient, à la vérité, dans une certaine mesure, aux effets de cette réprobation. Ceux-là, on se bornait à les plaindre ; on affectait de considérer leur constance républicaine comme une monomanie, comme une maladie digne de compassion.

Le petit monde de l'estaminet Groulez, de la rue Basse, dont je vous ai parlé précédemment, continua

cependant à entretenir, sous le manteau de la che-
minée et sous des montagnes de cendres, les braises
presque éteintes de ce qui avait été le feu sacré de
la liberté. Les débris de l'ancien groupe se réunissaient encore à jours fixes, sous couleur de soirées
chantantes et de parties de piquet. Ils organisaient
en effet de ces soirées-là, dans les estaminets de Lille
et les cabarets des environs, au bénéfice des amis
exilés ou captifs : ils y chantaient les chansons de
Pierre Dupont, y déclamaient les poésies de La
Chambaudie, d'Hégésippe Moreau, de Hugo, et ils
faisaient circuler sous les tables les brochures et
journaux prohibés qu'ils se procuraient en Belgique.

Ce microscopique foyer d'agitation n'avait pas
grande action, comme bien vous pensez. Que peut
un quarteron de mécontents contre la masse de la
population ? Une seule fête patriotique, comme celle
qui célébra le retour des troupes de Crimée, produi-
sait sur les multitudes cent mille fois plus d'effet
que n'en auraient pu déterminer en dix ans tous les
groupes Groulez du monde. Et l'administration avait
devers elle bien d'autres moyens d'entretenir dans
le peuple ce qu'elle appelait « le bon esprit ».

Néanmoins, l'année 1855 vit renaître, à Lille, à
l'occasion d'une élection au Corps législatif, un
« Comité libéral » — l'adjectif « républicain » était
biffé depuis longtemps du dictionnaire français, et
il aurait suffi, du reste, à ôter toute influence à ceux
qui auraient osé se l'appliquer. Ce comité, qui avait
pour président le docteur Godefroy, comptait parmi

ses membres, s'il m'en souvient bien, MM. Fémy,
Honnorat, Otten, J. Demeuninck, Viseur, G. Cannissié, Mercier, Caulier, Potié, Courtecuisse, Guillot,
Patrice, Schneider, et aussi un type populaire, un
colporteur, un bonhomme jovial et drolatique, auquel son genre de commerce, aujourd'hui disparu,
avait fait donner le sobriquet de «l'Allumette». Le
dit comité soutenait la candidature de M. Loiset,
contre celle de M. P. Legrand, le père, qui ne l'em-
porta que de 150 voix. Ce quasi-succès encouragea
l'opposition ; dès ce moment elle redoubla son pro-
sélytisme, entra en ligne dans toutes les élections,
et ne fut pas toujours battue.

En ce temps-là vivait à Lille un honnête Bergue-
nard du nom de Legay, qui fréquentait volontiers
l'estaminet Groulez et qui avait voué un culte dévot
au Grand Architecte de l'Univers, à son serviteur
Hiram et à la franc-maçonnerie. Cet honorable
citoyen, considérant que, la loge maçonnique de la
Fidélité ayant été fermée le 2 décembre 1851, la
ville de Lille se trouvait depuis un trop grand nombre d'années privée des bienfaits de la Lumière ∴,
résolut de tirer les Lillois des ténèbres de la captivité d'Egypte et de se faire le Moïse de ce peuple
asservi.

Au mois d'octobre 1857, sa mission apostolique

était en bonne voie et ses yeux se réjouissaient
d'entrevoir le succès de son œuvre de salut. Un certain soir, pour arrêter les dernières dispositions, il
avait réuni ses catéchumènes, au nombre d'une
vingtaine, tous jeunes amants platoniques de la
liberté, dans une salle du premier étage d'un café
de la place du Théâtre, et il commençait à répandre
sur eux la bonne parole, quand apparut dans l'em-
brasure de la porte, qui était demeurée ouverte, un
monsieur très grave, en redingote sillonnée d'une
écharpe tricolore. Le monsieur grave entra lentement, suivi d'un sergent de ville, de deux sergents
de ville, d'une demi-douzaine de sergents de ville,
déclara la réunion dissoute au nom de la loi et
emmena au poste central de police le prophète Legay
et ses disciples.

Là, ces martyrs de la foi maçonnique subirent les
tortures d'un vil interrogatoire, après quoi chacun
d'eux fut reconduit poliment à son domicile par une
paire d'agents, qui y procédèrent à une soigneuse
perquisition. Livres et papiers furent confisqués
et expédiés avec leurs infortunés propriétaires au
Palais-de-Justice. Au lieu de devenir de simples
maçons, apprentis ou maîtres, on venait de les éle-
ver brusquement au grade de détenu politique.

Il faut croire que les estimables roussins de l'époque ne sortaient point de l'école des mandarins let-
trés, car parmi les livres saisis pour servir de pièces
à conviction, les magistrats enquêteurs trouvèrent
avec surprise des romans d'Eugène Sue, de Walter

Scott, de George Sand, l'*Histoire du Consulat* de Thiers, des ouvrages historiques de Guizot et d'Henri Martin, et jusqu'à un volume flamand illustré intitulé *Vadre Katls*.

A l'évidence, le zèle dont la police avait fait preuve en cette affaire était exubérant, et les griefs reposant sur de semblables preuves ne pouvaient paraître que dérisoires.

Ainsi le pensaient les tristes prisonniers, qui comptaient bien être rendus à leur famille après vingt-quatre heures de « clou », au maximum.

Ils ne tardèrent mie à déchanter. On les retint pendant deux mois sous les verrous, sans autre distraction qu'un interrogatoire de temps en temps. C'est pendant l'un de ceux-ci que M. Pierre Warin fût confronté avec le sieur Leclercq, qui avait joué un rôle quelconque dans le complot de Pérenchies et qui purgeait une condamnation pour participation aux réunions révolutionnaires de Mont-à-Leux (Belgique), autrement dit pour « manœuvres à l'extérieur », selon la logomachie législative du moment. L'entrevue pouvait entraîner des suites graves. Heureusement pour le jeune confronté, Leclercq, qui le connaissait fort bien, conserva un calme imperturbable, et saisit avec à-propos le parti qu'il pouvait tirer de la physionomie et des manières flegmatiques de son codétenu :

— Qu'est-ce que vous me voulez avec cet Anglais ? dit-il au juge d'instruction.

Le naïf étonnement qu'il sut feindre évita certai-

nement à mon ami Warin un voyage gratuit et obli-
gatoire à la Guyane, où Leclercq fut déporté quelques semaines plus tard.

Le jour arriva enfin où la bande des néophytes
maçonniques comparut devant Ponce-Pilate — je
veux dire devant M. Dufresne, président du tribunal
de Lille. Vu le nombre des accusés, tous les avocats
du barreau lillois étaient, comme on dit, sur le pont ;
néanmoins, personne ne prenait au sérieux un procès aussi enfantin, qui, croyait-on, devait se clôturer
par un acquittement général. Qui diable se serait
imaginé que l'amour des mômeries pût passer pour
un délit ? Aussi la stupéfaction fut-elle grande, quand
on apprit que les aspirants maçons étaient tous condamnés à plusieurs mois d'emprisonnement, sans
préjudice des deux mois de prévention qu'ils avaient
subis en l'agréable compagnie de grinches et de vagabonds.

Mais que faire contre la force ? Il fallut bien se
résigner. Un événement inattendu vint d'ailleurs
apporter une diversion à leurs pensées amères.

Ils gémissaient depuis deux semaines sur la paille
humide, lorsque, au mitan de janvier 1858, ils virent
arriver nombreuse compagnie dans le farouche asile.
Les nouveaux venus y étaient introduits par fournées, et les fournées se succédaient avec une abon-

dance phénoménale ; bourgeois et ouvriers y étaient
égalitairement confondus et également ahuris.

— Qu'est-ce que cela veut dire? demanda l'un des
maçons manqués à un gardien qui s'était montré
bon enfant.

Celui-ci lui apprit alors l'attentat qui venait d'être
dirigé, à Paris, par le comte Orsini contre Napoléon III : bombes lancées en pleine rue contre la voiture impériale, nombreuses victimes dans la foule et,
naturellement, pas une égratignure à l'épiderme de
César. L'émotion avait été immense et l'indignation
itou ; et la magistrature s'empressait de faire sa cour
à l'Empereur en râflant un peu partout les gens suspects ou même simplement suspects d'être suspects.

Dans la prison de Lille, les reconnaissances, les
exclamations, les récriminations allaient leur train.

— Te v'là ?

— Tiens ! c'est vous !

— Ah ! par exemple, en voilà une cocasse !

— Que diable venez-vous faire dans cette galère ?

Parmi les razziés se trouvait un « saint-sauveur »
nommé Narcisse Thomas. Cet homme, lors de la
fameuse mascarade politique des Montagnards, avait
rempli le rôle de président du simulacre de Cour
martiale qui, à la guinguette du *Vieux-Pèlerin*, à
Wazemmes, avait ordonné la décapitation du mannequin représentant le prince Louis-Napoléon Bonaparte. Ce souvenir tragi-comique avait été fatal au
pauvre diable, qui, d'ailleurs, prenait assez gaîment
sa mésaventure, car il s'écria, en voyant arriver un
de ses amis de Roubaix :

— Vet' ichi ! V'là *La Pleume.*

Celui-ci paraissait accablé.

— On m'a pigé in sortant de m' boutique ; i' étot
tout près d' neuf heures. On m'a foutu à l'ostiau, à
Roubaix, et après, la rousse m'a mis les ménottes et
rimballé dins l' dernier train... Quoi ch' que m'
femme et m's infants vont pinser de n' point m' vir
abrouter à m' mason ?

— Bon ! répliqua Thomas, faut point t' désoler.
L's amis sont pas là pou' des prunes ; asseuré qu'ils
ont dit tout d' suite à t' femme qu' t' étos arrêté...
A m' mason, à mi, ch'est ben eun' aut' affaire : j'ai
min liméro 3 qu'est infermé dins m' cambre et qui
va querver d' faim, pass' qu'i' n' sait point coper d'
tartines !...

Un grand éclat de rire accueillit cette facétie. Tous
ceux qui connaissaient Thomas savaient que ce
« numéro 3 », dont il parlait, était son chien, auquel
il avait par dérision donné le nom de l'Empereur.

Pendant plusieurs jours, les rafles ne discontinuè-
rent point, non plus que les arrivages à la maison
d'arrêt ; au fur et à mesure, on évacuait le trop-plein
vers les plaines ensoleillées de l'Algérie, à Lam-
bessa, ou vers les rives pittoresques de l'Oyapock,
à Cayenne. C'est pour cette dernière destination que
fut désigné le malheureux Narcisse Thomas. Il partit sans son toutou ; ne sais quand il revint.

Ce fut la dernière des grandes épurations césariennes. L'ère des attentats était close, d'ailleurs; et à partir de ce moment-là l'opposition régularisa et légalisa son action.

L'Empire était, du reste, à l'apogée de sa puissance et de sa popularité. Vous n'avez pas oublié, j'imagine, les enthousiasmes de la guerre d'Italie, les manifestations frénétiques, le peuple de Paris dételant les chevaux du landeau impérial et traînant de ses propres mains le vainqueur de Solférino ! En voyant ce délire, en entendant ces acclamations, qui aurait cru que dix ans plus tard...

Les Anciens, qui n'étaient pas précisément des imbéciles, symbolisaient l'instabilité des choses d'ici-bas en représentant la déesse de la Fortune debout en équilibre sur une roue. Une utile leçon est contenue dans ce comble du vélocipédisme. Tâchez d'en faire votre profit, vous tous qui oyez ceci ; et n'oubliez pas non plus le conseil de ce spirituel bonhomme qui s'appelait de son vivant Jean de La Fontaine :

Il ne se faut jamais moquer des misérables,
Car qui peut s'assurer d'être toujours heureux ?

Maxime judicieuse et sage que MM. les journalistes et orateurs de réunions publiques traduisent volontiers par ce cliché un peu râpé :

« La roche Tarpéienne est proche du Capitole. »

1870-1871

X

Il y a vingt ans.

Il y a exactement vingt ans, au mois de juillet, jour pour jour *, toute la presse de l'Europe, et celle de France en particulier, commentait une nouvelle très singulière, toute fraîche arrivée de Berlin : le trône d'Espagne venait d'être offert à un prince de la maison de Prusse, Léopold de Hohenzollern, qui l'avait accepté. Le public se montrait avide et les journaux prodigues de détails sur cet incident à sensation, que l'on devinait gros d'éventualités. On savait déjà que ce prince Léopold appartenait à la

---

* Ces feuillets sont datés de juillet 1890.

branche cadette de la famille royale de Prusse, qu'il était frère du prince Charles, devenu récemment hospodar de Roumanie par un procédé analogue ; que le nouveau locataire du trône vacant de l'ex-reine Isabelle prendrait officiellement possession de sa couronne le 1er novembre, avec une liste civile de vingt millions ; que les Cortès devaient se réunir extraordinairement le 1er août pour procéder dans les formes à l'élection du roi, et qu'enfin la flotte espagnole irait chercher celui-ci dans le port allemand qu'il désignerait pour le lieu de son embarquement.

L'opinion publique, je dois le dire, était presque unanime à considérer cet événement inattendu comme une machination de la diplomatie prussienne, comme une sorte de revanche de l'affaire de Luxembourg, imaginée par M. de Bismarck, comme l'effet d'une intrigue perfide dirigée contre la France. Il se rencontrait bien çà et là quelques esprits sagaces qui ne partageaient pas à cet égard les idées de la foule, et qui, se rappelant les terribles mécomptes de l'occupation de l'Espagne par Napoléon 1er, estimaient plus habile de laisser la Prusse s'engager à fond dans cette aventure que de l'en empêcher. Mais c'était là une minorité tout à fait infime, dont les avis discrets pouvaient à peine se distinguer au milieu des clameurs contraires. L'opposition elle-même, entraînée par son hostilité contre le régime impérial, ne voyait dans cet épisode inattendu qu'un grief supplémentaire, qu'un

nouveau thème à récriminations, et dans son em-
pressement à l'exploiter, elle perdait toute clair-
voyance.

Les choses en étaient là lorsque M. de Grammont,
alors ministre des affaires étrangères, fit au Corps
législatif une déclaration aussi hautaine que mala-
droite, en annonçant en termes agressifs que le
gouvernement français avait adressé une somma-
tion au roi Guillaume, et que celui-ci avait demandé
un délai de quelques jours pour formuler sa réponse.

Ce délai devait expirer le 12 juillet. Entre-temps,
les journaux étrangers publiaient une circulaire de
M. de Bismarck dénonçant l'insolence du ministre
français, et le bruit se répandit que l'Allemagne
faisait des préparatifs militaires.

Cependant le 13, une nouvelle communication de
M. de Grammont aux Chambres fit tomber à plat
toute émotion : elle portait que le roi de Prusse
venait de donner satisfaction à la France en forçant
son parent à refuser officiellement le trône d'Espagne, et qu'en annonçant cette décision à M. Benedetti, notre ambassadeur, il lui avait obligeamment
exprimé sa joie d'avoir pu écarter par ce sacrifice
toute cause d'inimitié avec la France.

Pendant vingt-quatre heures, on crut les menaces
de guerre définitivement écartées ; les gens sages
s'en félicitèrent et les railleurs, toujours nombreux et prompts en pays gaulois, eurent un jour
entier pour larder de leurs moqueries le roi de
Prusse et le pseudo-roi d'Espagne. Le lendemain
devait être moins plaisant.

C'est le 14 juillet, en effet, que se répandit dans le pays un bruit inquiétant, qui révéla les véritables desseins, les résolutions bien arrêtées de la cour impériale : M. Benedetti avait reçu l'ordre d'exiger du roi Guillaume l'engagement supplémentaire « de ne plus permettre à son parent d'accepter la couronne d'Espagne, au cas où on la lui offrirait de nouveau dans l'avenir ». Personne ne se fit illusion sur les conséquences d'une démarche aussi blessante pour ceux à qui elle s'adressait, puisqu'elle impliquait le doute de la parole donnée ; on comprit que l'empereur, ou ceux qui le poussaient, voulait provoquer une rupture violente et que la guerre était déjà résolue.

« Voilà les néfastes résultats du plébiscite, disait l'opposition. Si le pays se trouve lancé dans une entreprise coupable, sanglante, peut-être ruineuse, ce n'est pas faute d'avoir été prévenu : on l'a assez averti des dangers de son aveugle confiance. Nos prédictions se réalisent de point en point : l'empire entreprend sa guerre dynastique ! »

La presse officieuse, au contraire, approuvait bruyamment l'inconcevable insistance du gouvernement, exaltait ce qu'elle appelait la fermeté de l'Empereur, discutait déjà les conditions de paix à dicter après la guerre et se montrait à peine disposée à se contenter de la rive gauche du Rhin jusqu'à la mer.

Concurremment avec ces fanfaronnades, il y eut à Paris et dans quelques grandes villes des manifestations belliqueuses, que l'on soupçonna la police d'avoir organisées ; mais ces tentatives pour créer un courant capable d'entraîner l'opinion n'eurent pas le succès qu'on on espérait ; dès ce moment, au contraire, un malaise indéfinissable, quelque chose comme le pressentiment des grandes catastrophes, pesa sur la nation.

C'est au milieu de ces agitations que, le 25 juillet, le ministère s'en vint rendre compte aux Chambres de « l'affront » infligé par le roi de Prusse au représentant de la France et leur communiquer la détermination de l'Empereur d'en tirer réparation par les armes. Les choses s'étaient passées comme on l'avait prévu et voulu : le roi de Prusse, qui se trouvait alors en villégiature à Ems, avait refusé de recevoir de nouveau M. Benedetti, se bornant à lui faire répondre qu'il n'y avait plus à revenir sur un incident désormais clos. Ce n'est pas tout à fait là ce que le gouvernement raconta aux Chambres, car il n'y manquait pas d'orateurs assez indépendants pour faire observer que ce refus, justifié par les circonstances, n'était point de nature à constituer *casus belli*. On altéra sciemment la vérité et l'on trompa intentionnellement le parlement et le pays : on voulait la guerre, « la guerre de l'impératrice », comme disaient les courtisans, et l'on s'arrangea de manière à la rendre inévitable.

Le soir, les manifestations des « blouses blanches »
recommencèrent plus bruyantes que jamais ; les
boulevards de Paris et les rues des grandes villes
retentirent de vociférations prétendues patriotiques :
« A Berlin ! A Berlin ! » poussées par des bandes
mercenaires ; et dès lors, les remontrances et les
alarmes furent étouffées par le tumulte des préparatifs militaires. Le rappel des hommes disponibles fit
affluer les soldats de tout costume ; à Lille, ce fut
pendant des journées entières un défilé ininter-
rompu au bureau de la Grand'Garde, et la place
d'Armes prit un aspect de fourmillière, que le public considérait curieusement, sollicité par deux
émotions contraires : l'enthousiasme martial, auquel
notre race s'abandonne si volontiers en face des
spectacles militaires, et l'appréhension d'un avenir
incertain et menaçant.

Le 18, la déclaration de guerre était officiellement
notifiée à la Prusse, — et ce fut le soir du même
jour, si je ne me trompe, que la musique de la ligne
joua, par ordre supérieur, à la retraite (il y avait
alors des retraites en musique trois fois par semaine), l'hymne proscrit depuis tant d'années : la
Marseillaise. Je me rappelle qu'en entendant réson-
ner cette mélodie ardente, un vieux républicain me
dit à l'oreille : « Voilà l'Empire qui entonne son
propre *De profundis* ! »

XI

Les mois terribles.

C'est en cette fin de juillet que commença à régner en France l'épidémie douloureuse et consumante qu'on pourrait appeler la *fièvre des fléaux*, et qui, pendant près d'une année, ne devait plus quitter notre pays, puisqu'aux affres de la guerre étrangère devaient succéder, hélas ! les râles de la guerre civile. Mais la masse du public ne prévoyait encore rien de pareil, distinctement du moins, aux derniers jours de juillet 1870. Elle assistait, frémissante et anxieuse, aux préparatifs tumultueux de cette nouvelle guerre que l'Empire entreprenait au mépris de ses solennelles promesses de paix; elle faisait des efforts sincères pour ressaisir les enthousiasmes de la guerre d'Italie, et elle s'inquiétait de n'y point parvenir et de se sentir angoissée malgré tout, sans raison définie.

Elle assistait, vibrante, aux départs des troupes, qui tour à tour quittaient leurs garnisons pour se rendre aux lieux de concentration, devers Châlons et Metz; elle leur prodiguait les ovations touchantes, et c'était au bruit d'acclamations émues que les trains militaires quittaient les gares. Elle cherchait dans les nouvelles dont les journaux étaient remplis des aliments pour rassasier sa curiosité et pour fortifier sa confiance vacillante; elle y apprenait qu'en toute hâte on armait Belfort, qui aurait dû être depuis longtemps en complet état de défense; que les Allemands avaient fait sauter le pont de Luxembourg et que nos pontonniers venaient de démonter le vieux pont de bateaux de Huningue, qui existait depuis 1843; que de grandes agglomérations de forces ennemies se formaient autour des places fortes de la rive droite du Rhin; mais elle s'alarmait de n'y voir apparaître aucune trace des alliances que l'on avait vaguement annoncées auparavant. Seule, disait-on, la Turquie avait mis son armée à la disposition de l'Empereur, et cette nouvelle, passablement invraisemblable et ridicule, n'avait fait qu'accentuer le sentiment de notre isolement.

Au milieu de ces préoccupations intenses, se déroulait, à Blois, devant la Haute-Cour de justice, un gros procès politique qui était une sorte de contre-partie de celui de Tours, où avait comparu le

prince Pierre Bonaparte, le meurtrier de Victor
Noir. Il ne s'agissait de rien moins, cette fois, que
d'une conspiration contre la sûreté de l'État ; les
accusés étaient nombreux, et parmi eux figuraient
divers personnages qui devaient reparaître plus
tard dans l'insurrection de la commune : Ferré,
Beaury, Verdier, Cornet, Mégy, Razoua, Dereure,
etc. Mais l'attention publique était ailleurs, et cette
affaire qui, en d'autre temps, aurait passionné l'opinion, passait presque inaperçue, en ce moment où
l'on placardait partout la notification officielle de la
déclaration de guerre et les proclamations de l'Empereur, annonçant en termes d'une gravité inusitée
qu'il se mettait en personne à la tête de l'armée
pour partager avec ses soldats les fatigues et les
dangers d'une campagne « longue et difficile. » Je
vois encore les attroupements énormes et silencieux
qui se formaient, à Lille, devant ces affiches contre-
signées par le préfet Masson. Point d'éclat, aucune
fanfaronnade, rien de cette gaieté chevaleresque si
persistante d'ordinaire dans notre race gauloise : on
lisait à voix contenue, comme si l'on se fût trouvé
dans la chambre d'un malade, et l'on s'éloignait
sans commentaire, pour faire place à d'autres qui
agissaient de même. Cette guerre n'était point populaire.

Le 27, on apprit que les premières hostilités
venaient d'avoir lieu. Jusqu'alors, on n'avait parlé
que de fréquents échanges de coups de fusils entre
les sentinelles, par-dessus la frontière ; ce jour-là, il

y eut combat entre deux reconnaissances près de Niederbronn, et la troupe française, commandée par le général de Bernis, culbuta le détachement ennemi. C'était une minuscule escarmouche, un fait insignifiant ; mais la tension des esprits était telle que, l'imagination aidant, on y vit presque une bataille gagnée, et la confiance se réveilla tout à coup, robuste et brillante. Le mirage fut radieux, mais bref.

Il fut poignant, ce mois d'août d'il y a vingt ans. Il peut compter parmi les périodes les plus tourmentées de cette époque si fertile en émotions. Il débuta sur un air de bravoure : « Les Prussiens sont battus ! Sarrebruck est pris ! Le petit prince ramassait crânement les balles sur le champ de bataille ! »

Les nombreuses générations qui sont arrivées à l'âge viril pendant le cours de ces vingt années et qui ont toujours vécu en état de paix, ne peuvent se faire une idée de la sensation que cette nouvelle produisit dans le pays. Comme par enchantement, les inquiétudes s'évanouirent. On entrevit tout à coup quelque chose comme un reflet de l'apothéose de la campagne d'Italie : la guerre, cette guerre sombre dont on ne voulait pas et que l'on redoutait à l'égal d'un sinistre fléau, terminée promptement

par une série de victoires, et nos soldats poudreux,
hâlés, revenant avec leurs drapeaux en loques glorieuses chercher à Paris les honneurs du triomphe.

Il me souvient d'une estampe du *Charivari* qui
eut un succès fou, à ce moment. On y voyait une
plaine immense couverte de cadavres, et un général
abordant un artilleur qui manœuvrait une mitrail-
leuse :

— Eh bien ! Et l'ennemi ?

— Y en a plus, mon général !

La masse du public ignorait que Sarrebruck fût
une petite ville ouverte, simplement occupée par un
poste avancé ; et nul ne savait qu'il entrât dans la
politique de M. de Bismarck de laisser l'armée française porter le premier coup en territoire allemand,
pour cimenter fortement entre eux les éléments
divers qui composaient l'armée fédérale. On n'eût
guère le temps d'apprendre que cette prétendue
bataille n'était qu'une insignifiante escarmouche
d'avant-garde : l'ivresse durait encore, quand des
voyageurs arrivant de Belgique rapportèrent à Lille
un bruit alarmant qui circulait à Bruxelles. L'armée
du prince Fritz venait, disait-on, d'infliger un grave
échec aux Français, à Wissembourg, où le général
Douay s'était fait tuer.

On était si bien en veine d'enthousiasme que l'on
n'accorda d'abord aucune créance à ces propos ; dans
les cafés même on traita de « Prussiens » et on
malmena ceux qui les colportaient. Et comme pour
donner raison aux incrédules se répandit presque en

même temps un autre bruit tout différent, qui fut accueilli avec une incroyable ingénuité : ce bruit annonçait une éclatante victoire de Mac-Mahon, qui avait refoulé l'ennemi sur tous les points. Mais, hélas ! dès le lendemain, on apprenait que ce n'était là qu'un effronté canard de Bourse, auquel une dépêche de Metz venait cruellement couper les ailes : Mac-Mahon et Frossard, écrasés par un ennemi supérieur en nombre, battaient en retraite.

La déception fut d'autant plus pénible que les espérances avaient été plus hautes. Ce fut avec stupeur que l'on vit afficher sur les murs les placards préfectoraux qui confirmaient ces faits lamentables, en ajoutant, bien entendu « que la situation n'était aucunement compromise par ces désavantages tout à fait partiels ». La phraséologie administrative n'eut point de succès : l'effervescence succéda au calme plat, et les cris : « Des armes ! La garde nationale ! » éclatèrent dans la foule qui s'était amassée autour de la colonne de 1792.

Ces deux batailles, dont le préfet pas plus que ses administrés ne soupçonnait encore l'importance, c'étaient Forbach et Reichshoffen ! On était alors au 7 août ; il se passa près d'une semaine avant que l'on ne fût renseigné sur les conséquences de ces désastres et sur les circonstances de la mort du général Colson, tué aux côtés de Mac-Mahon.

A Lille, comme dans toutes les communes de France, on achevait, ce jour-là même, les opérations électorales pour le renouvellement du Conseil muni-

cipal, lesquelles duraient alors quarante-huit heures,
— et, plus heureux que nos troupiers, le parti libéral
avait, pour la première fois depuis 1851, remporté
une victoire complète. A deux exceptions près, il
avait conquis la totalité des sièges de l'Hôtel-de-
Ville *.

Pendant les jours anxieux qui suivirent, chaque
soir ramena sur la Grande-Place les mêmes foules
avides de nouvelles. On s'arrachait les journaux.
L'*Echo du Nord*, à l'heure du tirage, était assiégé
par une cohue énorme, dont on ne parvenait à
calmer l'impatience qu'en lisant à haute voix les
dernières dépêches ; un rédacteur, juché sur une
haute chaise de bureau, au seuil de la maison, se
chargeait de ce soin. On l'écoutait avec une religieuse
attention :

« Dépêche de l'empereur confirmant les défaites
de Forbach et de Reichshoffen et la retraite en
bon ordre de Mac-Mahon et de Frossart... Décret
convoquant le Sénat et le Corps législatif... Proclamation de l'impératrice faisant appel au patrio-
tisme du peuple français... Paris en état de siège...
Rétablissement de la garde nationale... Grande
agitation... Manifestation place Vendôme et sur les

Avaient été élus : MM. Catel, Réville, G. Testelin, Castelain, J. De-
bièvre, J.-B. Desbonnet, Meurein, Edouard Desbonnets, Violette, Rigaut,
Baron, Corenwinder, Vandenbergh, Bouchée, P. Legrand, Boniface,
Masure, Morisson, Lemaître, Verly, de Melun, Pajot, Soins, Charles,
Martel, Werquin, Delmar, Dutilleul, A. Debièvre, Thiriez, Auguste
Bonte, Courmont, Meunier, Brassart, Dupont, Lefebvre.

boulevards... La presse déclare la patrie en danger... »

Quand le lecteur avait fini, la foule commençait à gronder. On discutait avec passion, on recommençait à réclamer des armes. Des bandes surexcitées allaient de nouveau manifester devant la Préfecture, où l'honnête et placide, mais très effarouché petit père Masson, s'évertuait à les calmer, ou bien demeurait invisible, ce qui arrivait le plus souvent.

On parlait aussi de la levée en masse jusqu'à quarante ans, ce qui ajoutait de grandes perplexités personnelles aux angoisses patriotiques. La perspective d'être enrôlé bon gré mal gré et lancé en campagne du jour au lendemain n'est propre en aucun temps à séduire les gens ; elle était particulièrement inquiétante dans un temps où personne n'était préparé au métier militaire, le gouvernement ayant systématiquement émasculé la nation pendant dix-huit ans. Si les patriotes ardents bouillaient d'indignation, les familles vivaient dans les transes. On comprend qu'au milieu de ces alarmes, le verdict de la Haute-Cour de Blois, condamnant Mégy et Beaury à vingt ans de travaux forcés et leurs co-accusés à des peines diverses, passa presque inaperçu.

Une proclamation qui déclarait le territoire de la troisième division militaire (Nord et Pas-de-Calais) en état de siège, vint augmenter encore l'émotion publique. Jour et nuit, la place d'Armes et les principales rues restaient encombrées de groupes tumultueux ou sombres, espérant je ne sais quel miracle, ou bien commentant les nouvelles étranges qui arrivaient de Paris : un rapport hyperbolique où le ministre de la guerre (général Dejean) promettait à l'impératrice une nouvelle armée de ligne de 400,000 hommes et une réserve de deux millions de gardes nationaux, les séances violentes du Palais-Bourbon, la démission du ministère Ollivier et la constitution du ministère Palikao *, les dépêches de Metz annonçant qu'il pleuvait à torrents là-bas et qu'on y était sans nouvelles de l'ennemi.

Les journées succédaient aux journées, toutes semblables, toutes mornes, toutes énervantes. Le 14, l'afflux des anciens soldats rappelés d'urgence, des conscrits de la classe convoqués par anticipation, des mobiles enrégimentés en hâte, produisit quelque diversion : ville et citadelle semblaient changées en fourmilières... Et le même soir, on apprenait que l'ennemi avait occupé Nancy et investi Strasbourg, et que Bazaine était nommé général en chef de l'armée du Rhin.

Dès lors, chaque jour apporta son contingent de nouvelles à sensation, quelquefois réconfortantes, le plus souvent désastreuses :

« L'ennemi apparaît aux environs de Metz... L'empereur et son fils ont quitté la ville, se dirigeant sur Verdun... On a fait sauter les ponts de la

---

* Composé comme suit : général Cousin-Montauban de Palikao, Chevreau, Jérôme David, Magne, Clément-Duvernois, Busson-Billaut, Jules Brame, amiral R. de Genouilly, prince de la Tour-d'Auvergne, Grandperret.

8

Moselle... Rien de nouveau du côté de Colmar...
L'ennemi est à Saint-Mihiel, il s'avance en arc
de cercle de Thionville à Toul, pour envelopper
Metz... Toul est bombardé... Verdun ne commu-
nique plus avec Metz; mais un tonnerre continu,
qui gronde dans cette direction, révèle qu'une bataille
est engagée... Bazaine a battu l'ennemi sous les
murs de Metz, à Gravelotte, Mars-la-Tour, Rezon-
ville... Des uhlans entourent Verdun... On vient
de lever le camp de Châlons, dont on a brûlé les
baraquements.... Le bombardement de Strasbourg
est commencé... Verdun est assiégé... L'ennemi
est à Châlons... L'ennemi est à Reims...»

Et l'empereur et le prince impérial, se demandait-
on, que deviennent-ils dans cette effroyable déroute ?
Que font-ils ? où sont-ils ?

L'empereur, de recul en recul, s'était réfugié à
Sedan, mais on l'ignorait encore ; quant au prince
impérial, on apprit à Lille, le dernier jour du mois,
qu'il venait d'arriver à Avesnes, escorté de deux
généraux et de cinquante cent-gardes, et qu'il avait
reçu l'hospitalité chez M. Hannoye, président du
tribunal civil. Fuite de mauvais augure! Car elle
prouvait à l'évidence que Napoléon III n'avait plus
confiance dans le résultat de cette fameuse « bataille
décisive » annoncée jusque-là avec emphase, dans
laquelle tout le monde avait mis son espoir et qu'on
s'attendait à voir éclater dans l'Argonne ou dans les
Ardennes.

XII

La débâcle.

Le 1ᵉʳ septembre 1870, plusieurs semaines s'étaient écoulées sans que le public eût reçu communication d'aucune nouvelle officielle. Il en était réduit aux conjectures, aux commentaires, aux racontars arrivant par la voie belge, et cela dans les pires conditions morales, au lendemain d'échecs terribles qui avaient comme foudroyé la nation endormie depuis près de vingt ans dans l'optimisme gouvermental. Et d'un jour à l'autre, la population énervée passait des alarmes à la confiance, des angoisses les plus désespérées aux illusions les plus folles.

Une proclamation du maire, M. Catel-Béghin, venait de répondre aux inquiétudes des habitants de Lille, en déclarant que l'autorité militaire disposait du matériel nécessaire à l'armement complet de la place et que la municipalité avait pris les mesures utiles pour assurer l'approvisionnement de la ville dans l'éventualité d'un nouveau siège, lorsque des dépêches transmises de Bruxelles réveillèrent une fois de plus les espérances si souvent déçues. Elles étaient datées du 31 août et signalaient une grande bataille engagée vers Bazeilles ; « Mac-Mahon, ajoutaient-elles, semble pousser l'ennemi vers le camp de Sedan, pour l'enfermer entre deux feux. » En même temps, M. Busson-Billault annonçait à la Chambre, au milieu des acclamations, que Mac-Mahon avait remporté une grande victoire à Carignan sur l'armée du prince royal de Prusse. Les journaux et les correspondances de Paris allaient plus loin : ils annonçaient deux victoires et disaient les Allemands rejetés en pleine déroute vers Villemontry ; l'un d'eux ajoutait qu'une armée française commandée par le général Douay, frère de celui qui s'était si bravement fait tuer à Wissembourg, venait de pénétrer en Allemagne par le sud de l'Alsace et allait à son tour faire sentir à l'ennemi les horreurs de l'invasion ; le *Gaulois*, brochant sur le tout, affirmait que le roi de Prusse, devenu subitement fou devant le désastre, avait dû être emmené.

Hélas ! cette lugubre époque devait n'être qu'une perpétuelle alternative de joie et de douleur, dans laquelle le dernier mot appartenait invariablement à celle-ci. Dès la matinée du 3 septembre, les nuées roses qui, la veille, égayaient notre ciel, s'étaient changées en lourds et noirs nuages de tempête, et l'allégresse était devenue deuil. Ces fameuses victoires étaient d'épouvantables défaites ; ce n'était pas l'armée allemande qui fuyait en déroute, c'était notre armée, à nous, qui était écrasée ; on parlait de capitulation sans savoir encore rien de plus. Et vers midi, un placard signé du préfet Masson mettait le comble à la détresse publique : il prévenait les habitants du Nord que la guerre se rapprochait de leurs foyers, mais que probablement l'ennemi n'affronterait pas les dangers d'un territoire hérissé de forteresses : « Qu'il soit partout signalé, arrêté, poursuivi, harcelé, coupé!... Les pompiers ont leurs armes, les mobiles ont les leurs, les gardes nationales s'organisent... A défaut d'armes de guerre, les fusils de chasse peuvent servir... Amassez des vivres... Rappelez-vous de l'année 1792 ! »

Le lecteur d'aujourd'hui peut malaisément se faire une idée de l'effet de stupeur et de consternation produit par un manifeste de ce genre, arrivant après une longue période de graves péripéties morales. Aucune clameur, aucun tumulte, aucun bruit en ville : un silence mortuaire. Les foules qui succédaient aux foules devant les affiches préfectorales, lisaient, comprenaient et s'en allaient mornes, comme accablées. Le soir, des dépêches (belges toujours, il n'en arrivait point d'autres) vinrent compléter l'effondrement : elles annonçaient que d'effroyables batailles étaient engagées autour de Sedan et duraient encore, que les Français étaient cernés, que les villages de Bazeilles, Balan, Rémilly, Villers, Carnoy, étaient en flammes!

Mais ces dépêches étaient vieilles de deux jours, car les communications étaient très difficiles alors; comment ces batailles avaient-elles fini et qu'était-il survenu depuis? Ce fut dans ces anxiétés que l'on passa la nuit du 3 au 4, et le lendemain, les prévisions, même les plus pessimistes, étaient dépassées: un message du gouvernement aux préfets, aussitôt affiché, apprit aux populations qu'après trois journées de bataille autour de Sedan, pendant lesquelles Mac-Mahon avait été grièvement blessé, l'empereur s'était rendu prisonnier avec toute l'armée! Et l'avis du désastre de Sedan se trouvait encore aggravé par un autre arrivant de Metz, annonçant que Bazaine venait d'être rejeté dans la ville par le prince Frédéric-Charles et s'y trouvait définitivement bloqué. Les journaux belges relataient avec un luxe de détails, navrant pour nous, le délire d'enthousiasme qui avait éclaté dans l'armée allemande à la nouvelle de la capture de Napoléon et de la capitulation de l'armée française, qui mettait aux mains de l'ennemi tout l'état-major impérial, des centaines de mille hommes, d'innombrables drapeaux, des montagnes de matériel, d'armes et de canons, — délire qui devint aussitôt celui d'un peuple entier, de plusieurs peuples, des confins de l'Autriche et de la Russie aux rivages de la Baltique et de la mer du Nord!

Un cri de réprobation, de honte, de douleur et de
rage retentit alors d'une extrémité à l'autre de la
France, que Jules Favre et Gambetta se chargèrent
de traduire en plein Parlement : « Déchéance ! » La
séance — la dernière — fut terrible, au Corps législatif. Le palais, assiégé par une foule immense et
irritée, accourue de tous les points de Paris, fut
envahi à plusieurs reprises, les délibérations interrompues, les ministres et les députés dispersés ; et
finalement, aux applaudissements du peuple débordant par toutes les issues, la voix sonore de
Gambetta déclara solennellement la dynastie dé-
chue et la République instituée. Paris en oublia
pour une soirée le deuil de la patrie ; ses rues pré-
sentèrent le spectacle de la joie, il n'y eut aucun
désordre, on fraternisa partout, et régiments de
moblots et légions de la garde nationale défilèrent
gaiement aux cris mille fois répétés de : « Vive la
République ! » devant les membres du gouvernement provisoire réunis à l'Hôtel-de-Ville *.

Cette sensation de délivrance, irréfléchie et décevante il est vrai, mais assurément compréhensible et
pardonnable, eut son contre-coup en province, dans
les grandes villes surtout. La nouvelle de la proclamation de la République arriva à Lille, assez tard
dans la soirée et tout aussitôt se répandit. Le public
qui remplissait les cafés et estaminets sortit en émoi

---

* Il se composait de MM. Trochu, Gambetta, Crémieux, Jules Simon
Kératry, Arago.

et s'assembla sur la place d'Armes, bientôt grossi de curieux qui venaient aux nouvelles, et la foule ainsi formée se porta vers la Préfecture, accompagnée des conseillers municipaux, qui justement sortaient de séance. Elle ne se livra d'ailleurs à aucune violence ; les emblèmes impériaux seuls eurent à souffrir de son ressentiment. M. Achille Testelin et les principaux personnages du parti républicain étaient accourus pour protéger au besoin le préfet et sa famille ; mais ils n'eurent point à intervenir.

Le lendemain matin, on apprit que l'impératrice avait quitté Paris par la ligne du Nord pour rejoindre son fils en Belgique, qu'un « gouvernement de la Défense nationale » s'était organisé de toutes pièces ˙ et que le général Vinoy, emmenant avec lui les débris d'armée qui avaient échappé au désastre, rétrogradait devant les forces allemandes qui marchaient sur Paris. On apprenait aussi que Napoléon avait passé à la gare de Liège, en route pour Wilhemshoë, et que le prince impérial avait pris à Maubeuge le train pour Namur, se rendant en Angleterre par Bruxelles et Ostende.

Le même jour, une double proclamation fut affichée sur les murs de Lille : l'une portant les adieux de M. Masson aux habitants du Nord, l'autre annonçant son remplacement par M. Testelin, qui, sur les

---

˙ Général Trochu, président ; Jules Favre, affaires étrangères ; Gambetta, intérieur ; général Le Flô, guerre ; amiral Fourichon, marine ; Crémieux, justice ; Ernest Picard, finances ; Jules Simon, instruction et cultes ; Dorian, travaux publics ; Magnin, agriculture et commerce.

instances unanimes de ses concitoyens, avait consenti à accepter le redoutable honneur de gouverner le département dans ces circonstances périlleuses.

Pendant les quelques jours qui suivirent, les journaux furent remplis de détails sur les événements de Paris, sur la fuite éparpillée des anciens dignitaires de la Cour, et aussi d'interminables séries de nominations de toute sorte, liquidation ordinaire des grandes crises politiques. Les nouvelles de la guerre étaient reléguées au second plan. Il est vrai qu'on en avait de moins en moins, le silence se faisant partout où arrivait l'ennemi. La marée de l'invasion montait sans cesse et sans bruit.

Le 7 septembre, un avis officiel annonça la suppression de la télégraphie privée. Les Allemands étaient déjà à Noyon ; on savait qu'ils s'avançaient vers Paris, divisés en trois armées. Le 9, de mauvais bruits se répandirent, auxquels le public refusa d'ajouter foi, et qui n'étaient malheureusement que trop fondés ; les journaux belges publiaient une dépêche de Berlin affirmant que des négociations étaient entamées avec Bazaine pour la reddition de Metz. Il paraissait invraisemblable que le général que Gambetta, dans ses illusions patriotiques, avait qualifié de « notre glorieux Bazaine », pût trahir la patrie et livrer la dernière, la plus solide armée de la France ..

Cependant, Napoléon venait d'arriver au château de Wilhemshoë, où il était prisonnier sur parole ; le petit prince, son fils, avait passé le détroit : les Prus-

siens, disait-on, assiégeaient Soissons ; le commandant de Laon s'était fait sauter avec sa citadelle, et
le gouvernement s'était scindé, en prévision du blo-
cus de Paris, moitié restant dans la capitale, moitié
s'en allant résider à Tours.

Mais voici que l'on parle d'un armistice, et qu'en
dépit de tant de leçons et de déceptions cruelles,
l'espoir renaît un instant. « Si le vainqueur demande
ou accepte une trêve, c'est qu'il est aussi malade que
le vaincu ! » Vaine conjecture. Le dernier train de
Paris nous arriva le 13 ; on avait fait sauter derrière
lui le pont de l'Oise, à Creil. Tout était dit : Paris
n'existait plus pour nous ; la France du Nord n'avait
plus à compter que sur elle-même.

Je me rappelle l'étrangeté angoissante de l'impression que nous en ressentîmes alors : c'était quelque
chose de comparable à la sensation d'un amputé qui
sort mutilé du sommeil anesthésique.

XIII

Six feuillets de mes tablettes.

Il faut avoir vu la Préfecture du Nord en ce temps-
là, pour savoir combien la cour du roi Pétaud était,
auprès, un séjour enviable[*]. C'était, tout à la fois,
un ministère, un arsenal, un magasin, un corps
législatif, un camp et un quartier général. Un obscur
citoyen de mon espèce ne s'y aventurait pas sans
prendre vite une notion écrasante de son néant.
Ahuri dans la cour par une cohue de gens affairés,
d'officiers qui arment en hâte une jeunesse vibrante,
de chevaux qui piaffent, de colis qui passent, on
croise dans les escaliers des potentats civils et militaires de tout calibre ; c'est une fourmilière humaine,

---

[*] Notes datées de 1873.

sur laquelle le sire de Manteuffel s'est chargé de
donner le coup de botte du proverbe. Seuls, les
huissiers ont conservé leur placidité habituelle. Ils
ont déjà tant vu d'événements et de préfets !

Va-t-on donc laisser passer tranquillement la révolution nouvelle sans parler un brin de l'ancienne ?
Ah ! mais non, l'occasion ne s'en présente pas assez
souvent pour la perdre. D'abord, une révolution qui
ne révolutionne pas, ce n'est pas une révolution.
C'est pourquoi, pendant que Testelin et Legrand se
mangent le sang à la Préfecture, le pastiche des
Jacobins s'étale au premier étage du café du Centre.
Ce n'est pas qu'on y soit féroce, grand Dieu, non !
tout s'y passe en paroles ; mais ce que j'y ai entendu
de cacophonies pendant une méchante heure que j'y
ai passée n'est pas à raconter.

« Allons, mon vieux, me disais-je à part moi, il
faut croire que tu n'es plus qu'un infâme réactionnaire ! »

Il y en avait qui proposaient de confisquer les
couvents, d'autres de réquisitionner les capitaux,
d'autres enfin pour qui les citoyens commissaire
général et préfet et tout le tremblement étaient suspects d'un modérantisme pernicieux, et qui voulaient
se mettre en leurs lieu et place à seule fin de vaincre
immédiatement les Prussiens par des procédés ingé-
nieux qu'ils exposaient. Je ne peux pas m'empêcher
de rire, aujourd'hui, quand j'y repense. Mais je
n'en riais pas alors, car tout cela pouvait amener
du grabuge. Heureusement, les gens raisonnables

tinrent bon et l'emportèrent. Le fameux « Comité
de défense », qui donna la fièvre à M. de Ségur, élu
à la salle du Concert, dans une réunion publique
présidée par M. Honnorat, se mit à la disposition de
l'autorité au lieu de lui faire des misères, et tout
fut dit.

Quelques jours plus tard, ce comité, qui était fait
pour mener la guerre comme moi pour chanter vêpres,
s'évanouissait sans laisser plus de traces que sur ma
main ; les Jacobins du Centre se fatiguaient de payer
leur loyer ; et le théâtre de singes savants, où quelques chimpanzés contrefaisaient les Hébert et les
Marat, se transportait du côté de Wazemmes.

Que tout cela me semble déjà loin ! Je revois ces
choses sans ordre, comme dans un rêve...

J'eus un jour l'occasion d'introduire auprès du
général Espivent, que je connaissais un peu, un de
mes vieux amis chargé d'une mission par une municipalité voisine. Cet homme de guerre semblait bien
le bonhomme le plus inoffensif et le moins belli-
queux du monde ; je ne me serais jamais douté de
l'état de siège à poigne qu'il tenait caché dans le pan
de sa robe de chambre. Il nous reçut fort poliment,
et mon ami me dit en sortant : « Ce monsieur est
bien honnête. Je parierais qu'il fait la tapisserie dans
la perfection. »

Il en fit, en effet, pendant deux ans : il tapissa
les murs de Marseille d'arrêtés qui n'étaient pas
piqués des vers.

Quel contraste avec Bourbaki ! Avec celui-ci, du

jour au lendemain, le branle-bas entre au quartier général, dont la paix claustrale fuit avec le général Espivent. Tout aurait bien été, si l'on avait su le fin mot de sa sortie de Metz, comme on le sait aujourd'hui. Mais le malheur est qu'on ne le savait pas... et l'on faisait courir de mauvais bruits. Et puis, il avait dans son état-major des jeunes gens qui faisaient si bien ripaille à l'hôtel de *l'Europe* pendant que le pauvre monde crevait de détresse, que le propriétaire de l'établissement dut les inviter à favoriser aussitôt que possible ses confrères de leur clientèle. Les choses se gâtèrent si bien que je fus averti d'un charivari réservé à Bourbaki à l'occasion d'une grande revue de la garde nationale. Il fallait à tout prix éviter ce scandale. J'en informai le colonel Saint-Léger ; la revue n'eut pas lieu et Bourbaki s'en alla.

Et Farre ? Petit, maigre, comme desséché par l'étude et le travail, c'est lui qui a été la cheville ouvrière de la défense du Nord, ce qui n'a pas empêché la commission des grades de le soulager en un tour de main de sa division.

Enfin, Faidherbe ! Les gens du Nord ont trouvé leur vrai chef, avec cette glorieuse momie à longue moustache et au nez crochu, qui semble avoir fondu au soleil du Sahara tout ce qui est fusible dans le corps d'un homme.

Vous rappelez-vous l'alerte nocturne du 19 octobre ? C'était par une nuit brumeuse. Le pavé était noir et gluant. Il faisait un de ces froids humides particuliers aux hivers flamands. Les pieds sur les

chenets, en regardant du coin de l'œil les draps
blancs et l'édredon pansu, on pensait aux pauvres
soldats qui pataugeaient dans les champs, et l'on se
demandait combien de temps les gens de Lille
avaient encore à vivre avant d'aller habiter leurs
caves...

— Chut, Catherine ! j'entends le tambour !

— Vous avez la berlue, monsieur, c'est les moulins
du faubourg de Paris.

— De par le ciel, c'est le rappel ! Vite, ma bonne,
ma houppelande, ma canne et mon chapeau !

La garde nationale était déjà sur pieds et, spontanément, sans ordres, par la seule intuition qui
naît des situations difficiles, les détachements
avaient barré les rues. Tous les cent pas, on était
arrêté court par un front de baïonnettes :

— On ne passe pas ! Qui vive ?

Je passais, cependant, car je ne ressemblais guère
à un ennemi de Dieu et de la société. J'arrivai à la
Préfecture après avoir vu prodigieusement de gardes
nationaux, mais pas la queue d'un insurgé. L'émeute
s'était volatilisée.

J'appris bientôt que les forces insurrectionnelles
se composaient de trois pelés et d'un tondu suivis
de quelques cents badauds et moutons de Panurge,
lesquels avaient détalé grand train en entendant les
ran plan plan redoutables des tapins à vingt sous
par jour. Cependant ils avaient eu le temps de
casser deux carreaux, de forcer les grilles de la
Préfecture et de se ruer maladroitement, au milieu

des ténèbres, sur un personnage qui, du premier coup, en avait rossé deux en conscience. C'était le commissaire général en personne, ce dont les deux captifs furent aussi stupéfaits que navrés.

Testelin, fut miséricordieux. Les deux insurgés larmoyants en furent quittes pour les horions qu'ils avaient eu l'honneur de recevoir de sa noble main.

Une heure après, la bonne ville de Lille redormait à poings fermés.

. . . .

Marins hâlés, lignards boueux, mobilisés en loques, artilleurs, chasseurs à pied, tout ce monde-là, abattu, harassé, malade, affamé, arrive depuis le matin en ville, isolément ou par groupes disparates... C'est le retour de Saint-Quentin...

— Monsieur, me dit à l'oreille un marin que suivaient péniblement deux de ses frères d'armes, les camarades que voilà sont malades et n'ont pas mangé depuis vingt-quatre heures ; ne pourriez-vous rien pour eux ? On nous envoie d'Hérode à Pilate, ici !

Ah ! quelle journée lamentable et terrible, *dies iræ !*

— « Les Prussiens arrivent ! »

— « On en a vu à Saint-Amand ! »

— « Faidherbe se reforme à Douai ! »

— « Landrecies est bombardée ! »

— « Cambrai a reçu des sommations ! »

Que sais-je, aujourd'hui ! Ce dont je me souviens fort bien, c'est que pendant que ces bruits couraient, je mettais la dernière brique à un caveau où j'avais enfermé ce que j'avais de plus cher parmi mes bibelots et de plus vieux parmi mes vins : j'aurais plutôt tout cassé de ma propre main que de laisser les Kaiserlicks en profiter.

Ce que je sais aussi, c'est que vers le soir on apprit que tout était fini.

XIV

Nos gens en campagne.

Il semble que ces événements sont vieux de plusieurs siècles, quand on regarde autour de soi, tant le spectacle de la paix, du travail tranquille, de la saine agitation pour le pain de chaque jour, sont différents de ce qui se passait en ces époques d'angoisses. Il semble au contraire qu'ils sont d'hier, lorsqu'on ferme les yeux du corps pour ouvrir ceux de la mémoire...

Lorsqu'eut lieu, à Bapaume, le troisième grand choc entre l'armée du Nord et l'armée allemande, il y avait juste un mois que s'étaient mis en campagne nos mobilisés, ces soldats improvisés, pris au hasard de la levée en masse dans les ateliers, les fermes, les bureaux et les salons. C'est le 1er décembre 1870 que les bonnes gens de Lille avaient fait la conduite à leurs enfants du 1er régiment, marchant à l'ennemi.

Dire qu'ils les voyaient partir sans tristesse et que l'enthousiasme patriotique étouffait en leur âme la naturelle révolte de l'humanité, ce serait mentir. Autre chose est d'assister au départ d'une armée composée de vrais soldats, guerriers par goût ou par profession, ou bien de dire adieu à des parents déjà mûris dans d'autres habitudes, inaptes aux fatigues, sensibles aux intempéries et sans expérience du métier de la guerre. Aussi les physionomies de la foule n'étaient-elles point gaies, je vous assure. Si les vieux ne pleuraient point, on voyait bien à leurs traits contractés que leurs pensées n'en étaient pas moins poignantes : « Quand et comment les reverrons-nous ? Dieu sait si on ne nous les rapportera pas estropiés pour toujours ou malades pour le reste de leur vie ? Reviendront-ils seulement ? Ah ! misère ! »

Mais eux, nos frères, nos soldats de la veille, ne s'arrêtaient pas à ces idées-là. *Sursum corda !* Ils avaient le cœur haut et la mine martiale, et ils allaient crânement, comme de vieux troubadours, derrière leurs officiers, le colonel Loy, les commandants Levézier, Deswarte, Morazzani et les autres.

A Seclin, ils firent une halte de deux heures, puis en route ! sac au dos, pour Carvin, Oignies et Courrières, où ils arrivèrent harrassés, heureux de trouver chez les habitants une hospitalité empressée et généreuse. Ils reposaient depuis quelques heures seulement leurs membres rompus par cette longue étape, lorsque dans le silence de la nuit éclatèrent les appels précipités des clairons sonnant l'alerte. Il était une heure du matin. En une seconde tout le monde est sur pieds ; hommes, femmes, enfants, soldats, se précipitent effarés, haletants :

« L'ennemi ? »

Non, l'ennemi est loin. C'est un ordre de Lille qui enjoint au colonel de se porter sans retard sur Arras, — par chemin de fer, heureusement.

On s'équipe en deux temps, on avale en hâte la goutte du matin que les bonnes gens ont versée d'une main tremblante, on embrasse à la ronde, l'hôte, l'hôtesse et leurs bambins, et l'on court s'entasser pêle-pêle dans les wagons.

Pas réjouissant, ce voyage dans la nuit sombre et froide, après un sommeil insuffisant !

Halte. C'est la gare d'Arras. Il est cinq heures. Sergents-majors et fourriers procèdent dans l'obscurité à la distribution des cartouches : 160 par homme. L'opération s'effectue en silence. Chacun sent que les idées du voisin ne sont pas couleur de rose. Ni le cadre, ni la mise en scène ne sont faits pour engendrer l'enthousiasme. On grelotte dans le crépuscule grisâtre qui remplace peu à peu les ténèbres, dans le brouillard glacé qui s'infiltre dans les wagons. Une tasse de café chaud, avec un bout de pain, serait la bienvenue. On repense à la maison bien close, à la famille attristée, à toutes les choses si chères, qu'on a laissées là-bas...

Le train se remet en marche lentement, comme avec méfiance. On aborde maintenant le pays battu par les uhlans : il faut ouvrir l'œil. Le temps paraît long aux mobilisés. Nouvel arrêt.

— Miraumont, tout le monde descend ! crie un bon diable, resté facétieux malgré tout.

— Ousqu'est l' buffet ? crie un autre.

On plaisante, on fait bonne mine à mauvais jeu. C'est le vieux fond gaulois qui émerge, le caractère français qui reprend ses droits : tout va bien.

Il est huit heures. Ordre est donné de se former par compagnies. On s'aligne. En avant, marche !

Quel est ce grand et gros homme, dont le visage fruste et joufflu est coupé par une énorme moustache ? C'est le « général » des mobilisés du Nord, général d'aventure dont Faidherbe s'empressera de se débarrasser à la première occasion favorable, le fameux Robin.

Telle fut la première journée de campagne de nos concitoyens transformés en soldats. Ils devaient en voir bien d'autres jusqu'à Pont-Noyelles, Bapaume et Saint-Quentin.

Le jour de l'an ne fut pas drôle, comme bien vous pensez, en 1871. Dans les familles, on songeait aux absents, si malheureux dans le grand froid, dans l'humidité, sous le ciel dur, au loin, Dieu sait où,

eut-être blessés ou malades depuis les dernières
lettres. Et à plus d'un foyer il y avait une place vide,
car les pauvres mobilisés n'avaient pas fait tant de
marches et de contre-marches par un hiver pareil et
bravement combattu à Pont-Noyelles sans semer
des morts sur les routes et au champ de bataille.

Le 1er janvier fut moins lugubre à l'armée même
que dans nos villes et nos villages, par la raison que
nombre de parents et d'amis profitèrent de l'occasion
pour aller revoir leurs chers troupiers.

L'unique train qui fonctionnât encore entre Lille
et Arras était bondé au départ, malgré le supplément
de wagons qu'il avait fallu y ajouter. Toute cette
cohue affairée, attendrie, les poches pleines, valises
et paniers aux mains, se répandit dans les canton-
nements. Quel bonheur de se retrouver! Que de
baisers, que d'étreintes, que de larmes douces, que
de questions et d'exclamations! Pensez donc, les
lettres mettaient une, deux, jusqu'à trois semaines
pour parvenir à destination — quand elles y parve-
naient!

Hélas! ces ivresses ne devaient pas être de longue
durée. A midi, le clairon sonnait un peu partout, et
il fallait se séparer : l'armée commençait son mouvement sur Bapaume.

A la tombée du jour, on se logea comme on put
dans des granges, dans des étables, sous des hangars,
et la nuit fut cruelle. Le froid était si vif, le vent si
mordant que l'on ne put dormir; et, à cinq heures
du matin, il fallut se remettre en marche. Bientôt,

on entendit le canon du côté d'Achiet, et le général Robin dispersa les bataillons des mobilisés dans diverses directions. La bataille était engagée. Elle allait durer deux jours.

Dans la première journée, on délogea d'Achiet et de Bihucourt l'ennemi, que l'on poursuivit jusqu'à l'entrée de Bapaume, et on l'attaqua à Béhagnies, que l'on ne réussit pas à emporter, la brigade Robin n'étant pas arrivée à temps pour soutenir les troupes aux prises avec des forces supérieures. Ce retard, imputable surtout aux mauvaises chaussures des mobilisés, qui mettaient obstacle à une marche rapide, obligea à suspendre l'attaque. De même, le commandant Foutrein, le brave chef d'un bataillon d'élite composé de volontaires, les « voltigeurs du Nord », se heurta, au plateau de Favreuil, à une colonne prussienne devant laquelle il dut battre en retraite, après un combat héroïque. Il se rabattit sur Ecoust-Saint-Mein, où il trouva le général Robin achevant tranquillement son déjeuner, et qui daigna alors quitter sa serviette pour prendre le commandement des mobilisés et marcher sur Mory. Il pensait occuper ce village sans coup férir, et il ne voulut point écouter les avis du commandant Dezwarte, qui insistait pour envoyer une compagnie en reconnaissance. Ce qui devait arriver arriva : à cent mètres du village, la colonne fut accueillie par un feu terrible. Instinctivement les hommes s'aplatirent pour esquiver cette grêle mortelle. Le commandant Dezwarte, resté debout, avec quelques officiers, au milieu de l'ouragan de plomb, brandit ses armes en criant : « En avant! », et, tout le monde se levant d'un élan, la position de Mory fut emportée crânement à la baïonnette. C'est dans cette aventure que le jeune Jules Farinaux, qui accompagnait le général Robin, fut frappé d'une balle en pleine poitrine.

La nuit suspendit les hostilités. L'ennemi profita de ses ombres pour évacuer Béhagnies et Sapignies et occuper fortement les positions de Favreuil et de Beugnâtre.

Dès cinq heures du matin, le 3 janvier, tous les régiments de mobilisés formant les deux brigades de la division Robin gagnaient en silence le plateau d'Ecoust, où ils devaient attendre leur destination de combat, pendant que les divisions Du Bessol et Payen attaquaient Biefvillers et Favreuil.

Après des combats longs et sanglants et des alternatives de succès et de revers, ces deux positions furent enlevées, ainsi que celle de Grévillers. On les trouva encombrées de morts et de blessés. Puis un violent engagement d'artillerie se produisit entre les batteries françaises et celles que les allemands avaient accumulées près de Bapaume, sur la route d'Albert. Les canons des capitaines Collignon, Gouin et Bocquillon ayant enfin réussi, non sans dommages, à éteindre le feu de l'ennemi, toute la ligne des troupes françaises s'avança sur Bapaume, enlevant au pas de charge le petit village d'Avesnes, pendant que le colonel Pittié et le général Paulze d'Ivoy culbutaient, du côté de Tilloy, une colonne prussienne qui tentait de nous tourner. L'ennemi dut évacuer la ville pour éviter d'être cerné. La bataille était gagnée.

— Mais, m'allez-vous demander, quel a été exactement, dans ces journées glorieuses, le rôle de nos concitoyens ?

Le détail précis, fait par fait, qui pourrait se vanter de le donner ? Ce que je puis dire, c'est que leur part fut considérable : les régiments de mobiles, les régiments de mobilisés, les voltigeurs de Foutrein ont été engagés de tous côtés, pendant ces deux jours de bataille. A ce que je viens de vous conter, je puis ajouter deux gros épisodes dont j'ai gardé le souvenir : le combat du 48e mobiles, composé presque entièrement de Lillois, contre la cavalerie allemande, uhlans et cuirassiers blancs, qu'il mit en pleine déroute, et le mouvement tournant des mobilisés sur Bapaume, qui fut tragique.

Voici, en deux mots, le récit de cette dernière affaire.

Toute la division Robin, renforcée des troupes du général Derroja et du colonel Aynès, s'était ébranlée pour prendre à revers la ville encore occupée par l'ennemi, lorsqu'elle fut assaillie par une formidable canonnade. Le feu des batteries prussiennes, prenant la colonne en flanc, opérait dans sa masse une

trouée sanglante. Il s'ensuivit une panique bien
excusable chez des gens qui pour la plupart en
étaient à leur première bataille, et la deuxième brigade se débanda.

— Faites comme eux, s'écria le colonel Loy en
s'adressant au régiment de Lille, et je vous donne
ma parole d'honneur que je marche tout seul et que
je me fais tuer sous vos yeux !

Pas un homme du 1er régiment ne broncha : et la
manœuvre continua malgré la pluie des obus, que la
gelée durcissant le sol rendait particulièrement
meurtrière.

A la nuit tombante, comme le régiment lillois
attendait les ordres, l'arme au pied, immobile dans
le grand froid, sur le plateau de Beugnâtre, le général
Paulze d'Ivoy s'en vint féliciter le colonel Loy de la
belle conduite de ses hommes, puis, élevant la voix :

— Allons, messieurs les Lillois, dit-il, vous avez
bravement conquis le droit à la soupe. Vous pouvez
être fiers ; je vous le déclare sur ce champ de bataille,
vous vous êtes comportés en soldats !

Oui, ils avaient agi en soldats, mais ils n'en étaient
pas plus fiers pour cela. Par exemple, ils avaient
terriblement faim, n'ayant dans le ventre, depuis
vingt-quatre heures, que quelques bouchées de pain
gelé. Aussi, la permission de la soupe — et quelle
soupe ! — fut-elle accueillie avec plus de plaisir encore
que les compliments du vieux brave à trois poils.
Les compagnies s'arrangèrent comme elles purent,
au milieu des fermes à demi effondrées, dans les

épaisses ténèbres d'une nuit d'hiver que trouaient çà et là dans la plaine les lueurs d'incendies expirants.

A la fin de ce mois de janvier, c'est-à-dire après la désastreuse bataille de Saint-Quentin, où la petite armée du Nord, exténuée, fut écrasée par une armée allemande deux fois plus nombreuse et composée de troupes fraîches, et moins de deux mois après son départ de Lille, il ne subsistait plus qu'un tiers de ce brave 1er régiment de mobilisés : les champs de bataille, les ambulances, la dure captivité avaient dévoré le reste.

J'ai conservé soigneusement, dans un dossier que je relis de temps en temps, les lettres et récits qui m'ont été adressées dans ce temps-là ou qui m'ont été communiqués par des amis. Quand j'ouvre le carton qui les contient, il me semble que je fais un pieux pèlerinage au cimetière, car la plupart de ceux qui ont écrit ces pages jaunies sont morts, soit en combattant, soit dans les hôpitaux, soit longtemps après, comme ce pauvre Georges Brame, des maladies contractées dans ces deux mois de campagne d'hiver.

1889

—

XV

L'apothéose.

— Allez-y, compère, vous n'en verrez mie plus dans c'monde, m'a dit mon voisin Lestoquoy. N'ayez warde : on soignera vo' courtil. Allez-y grand train, pendant qu'on est cor à la fraîche !

Et je suis parti. Lestoquoy aura l'œil sur mon bien, son fils Louis s'est chargé de pincer mes poiriers, et ses deux jolies filles, Lise et Mélie, croqueront mes fraises pour ne pas les laisser aux limaçons.

Voilà comment et pourquoi le vieux petit courtilleux de Bougival-sur-la-Lys a laissé sa bêche et ses sabots là-bas, là-bas, du côté d'Armentières, et se balade une fois de plus dans ce Paris gigantesque, superbe et lumineux *, qu'il a connu mesquin, crotté, sombre et entortillé, aux environs de 1830.

Comme notre train approchait de Saint-Denis, les voyageurs de Flandre, d'Artois, de Belgique et d'Angleterre qui bondaient mon compartiment, manifestèrent tout à coup une vive agitation : « La Tour ! Voilà la Tour ! » Et ils se montraient les uns aux autres une mince aiguille qui traversait au loin la brume légère de l'horizon, comme on aperçoit un phare au-dessus de la ligne de mer, du pont d'un navire, avant de distinguer la côte qui le supporte. C'était bien la tour Eiffel, la plus grande merveille du monde contemporain, celle qui fait accourir des quatre points cardinaux les hommes de toute couleur et de toute langue.

Je l'admire comme les autres, ce monstrueux colosse de fer, mais la vraie merveille pour moi, ce n'est ni l'Exposition, ni sa tour extraordinaire : c'est encore Paris lui-même, dont mes vieux yeux ne se rassasient jamais ; et si j'avais le moyen de louer le pont de la Concorde et d'y transporter ma maisonnette, j'y finirais mes jours dans la béatitude en attendant fort patiemment le Paradis.

Je ne connais rien de plus beau, parmi les œuvres exécutées en collaboration par la nature et par les hommes, que ces deux perspectives de la Seine coulant entre les arbres, sous cette série de ponts monumentaux, au milieu de ces palais, avec la colonnade

---

* Écrit en 1889, au retour de l'Exposition.

du Parlement d'un côté, la place de la Concorde et la colonnade de la Madeleine de l'autre, la pointe de la cité au loin, derrière, et, devant, la forêt d'édifices, de dômes, de minarets et de tours que domine le palais du Trocadéro. Je ne crois pas que des yeux humains, en aucun temps, aient jamais contemplé un spectacle plus grandiose, non, pas même ceux des Pharaons.

Du pont de la Concorde à l'Esplanade des Invalides, il n'y a qu'une enjambée. Comme de juste, j'ai commencé par ce côté-là ma visite à l'Exposition. J'y ai fait mon entrée, sans tambour ni trompette, par la porte du quai d'Orsay.

Pour le gros public — dont je suis, — l'Exposition se divise en quatre régions distinctes : l'Esplanade des Invalides, le Champ-de-Mars, le quai et le Trocadéro. Ces quatre parties sont contigües ; le visiteur peut passer de l'une à l'autre sans sortir de l'enceinte dans laquelle son ticket lui a donné accès ; mais cela fait un fier ruban de queue, et pour tout voir en détail, le diable m'emporte, il faudrait s'installer ici pour six mois.

Je ne nourrissais point une si grosse ambition. Mon désir était tout simplement de prendre une idée de cet énorme ensemble, d'en déguster la saveur pittoresque, si je puis ainsi dire, et de m'en retourner ensuite ruminer mes souvenirs dans la quiétude de ma chaumière villageoise. J'ai pris mes dimensions en conséquence; c'est donc en modeste curieux, et pas du tout en spécialiste, que j'ai traversé cette ville éphémère où se coudoient les hommes et les choses des cinq parties du monde.

Entrons, si vous le voulez bien. A gauche, près de la porte, une petite gare en sapin : c'est là qu'on prend son billet pour cinq sous à destination du Champ-de-Mars, quand on veut économiser son temps et passer à pieds joints par dessus la région du quai, où sont installées les sections agricoles et maritimes. Derrière la gare, se dressent dans la verdure des arbres et l'azur du ciel, entourés de tentes, de gourbis, de boutiques, de cafés arabes, les murs blancs, les coupoles et la tour crénelée d'un palais maure : c'est le pavillon de l'Algérie.

Là commence, l'Exposition coloniale, l'une des grandes attractions du voyage, qui occupe exactement la moitié de l'Esplanade des Invalides. L'autre moitié est affectée aux expositions du ministère de la guerre, de la Croix-Rouge, de l'hygiène, des eaux minérales, de l'assistance publique, des postes et télégraphes, toutes choses palpitantes d'intérêt pour les gens du métier, mais tout à fait indifférentes à votre humble serviteur. Ces deux parties sont séparées l'une de l'autre par une élégante marquise d'étoffe bariolée, qui règne d'un bout à l'autre de l'Esplanade et forme ainsi une promenade fort agréable, à l'abri de la pluie ou du grand soleil.

Devant le palais ou dans l'ombre de ses porches, des soldats indigènes, spahis ou turcos, se promènent gravement ou courtisent à l'africaine la marchande de photographies, accorte Parisienne qui supporte gaillardement les éclairs de leurs yeux noirs. Une enfilade de trois salles contenant les produits des trois provinces, Alger, Oran et Constantine, conduit au salon officiel, qui donne une idée fidèle de la disposition, de l'ameublement et de la décoration des riches intérieurs musulmans : plafond en coupole, petites fenêtres en trèfles garnies de vitraux, murs faïencés, niches en ogives servant de dressoirs, meubles de bois incrusté et découpé, tapis et portières aux vives couleurs. Si vous êtes curieux de monter au minaret, voici, à gauche, un escalier qui y conduit, copié sur celui du musée d'Alger; pour moi, il y a bel âge que le temps des ascensions est passé.

Un jardin peuplé de palmiers sépare le palais proprement dit du bazar qui y fait suite, où les indigènes tissent, brodent, sculptent, forgent, travaillent l'or et l'argent, chacun dans son aubette, devant le flot sans cesse renouvelé des flâneurs, et où des marchands non moins indigènes vendent fort bien le plus cher possible lesdits travaux aux mêmes flâneurs.

A cette agitation mercantile, je préfère le calme du campement, où les fils du désert, drapés dans leurs burnous, fument impassibles et majestueux devant leurs tentes sombres, au fond desquelles on entrevoit des silhouettes de femmes et des groupes d'enfants nus.

J'erre sous les arbres, entre les tentes et les gourbis, songeant aux oasis ombreuses qu'on voit indiquées par un petit point vert sur les cartes de géographie... Je me sens tiré par le pan de mon habit :

— Ung sou ! ung sou !

C'est une jolie petite fille kabyle, à la peau bistrée, aux grands yeux de gazelle, qui m'attire vers un gourbi obscur, où trois femmes tissent à la manière de leur endroit, accroupies le long de la muraille. La petite a promptement collectionné ce qu'il faut de français pour rançonner le bourgeois. Nécessité est mère de l'industrie.

A côté de la cabane, un vieil Arabe grisonnant, à moitié nu, est assis près d'une tente ouverte, à côté d'une pancarte interdisant l'entrée aux « hommes », ce qui est une invite aux dames ; le bonhomme ne demande rien, mais sa main ouverte sur ses genoux a une éloquence à laquelle les visiteuses ne résistent pas. Ils paraissent si pauvres, ces gens à peine vêtus, sous leur abri misérable, au milieu du confort et du luxe de Paris ; et notre existence factice, les mille besoins que la civilisation nous a créés, nous ont tellement écartés de la vie primitive que nous ne comprenons plus ceux qui sont près de la nature et qu'ils excitent notre commisération. Mais eux, nous envient-ils ou bien nous prennent-ils aussi en pitié ? Que pensent-ils de nous, ces hommes simples amenés du désert pour amuser notre curiosité ? Que cachent l'apparente indifférence de ces nomades en guenilles et le dédain majestueux de ces cavaliers nobles, aux vêtements chamarrés, aux armes enrichies de pierreries ?

L'étonnement peut-être, mais aussi, je n'en doute pas, la lassitude et le mépris de notre badauderie, et l'appétence chaque jour accrue du pays natal...

Mes réflexions sentimentales sont interrompues par un bruit comparable à celui d'un métier de tisserand en marche.

— On se croirait dans la piedsente qui longe la maison à Loupiau, me dis-je en tournant mon cœur vers Bougival et ses laborieux habitants.

— Enntrez, mochou ! Ouled-Naïl !

Cette musique à Loupiau est celle d'un café-concert arabe, dont un Levantin astucieux m'offre l'entrée moyennant la bagatelle de vingt sous. La sévère Économie me conseille de résister à ce tentateur à chachia rouge et à moustache noire ; mais les avis judicieux de Lestoquoy résonnent encore à mon oreille : « Le temps est proche où tu ne verras plus rien du tout... » Et je donne ma pièce blanche pour mordre un brin aux délices du paradis de Mahomet.

Le Levantin soulève un lourd tapis et mes yeux éblouis... Hé, hé ! je vous vois déjà vous en lécher les badigoinces ; votre imagination vous fait entrevoir des groupes de houris vêtues de gaze d'or, ébauchant avec une grâce nonchalante des pas

voluptueux... Vous en êtes pour vos frais, mon
bonhomme. Nous ne sommes plus au temps des
califes et des magnificences de Bagdad ; et l'art
musulman a bien dégénéré, comme vous allez voir.

Une salle tendue d'étoffes orientales, à laquelle
le ciel servirait de plafond, si l'on n'avait à demi
bouché l'ouverture par un velum en prévision des
jours de pluie — l'esprit pratique n'a pas de patrie.
Au fond, une estrade sur laquelle une douzaine
de femmes arabes, juives et négresses sont accroupies le long du mur, aussi entortillées que des
oignons dans leurs oripeaux éclatants. A droite et à
gauche, quatre artistes plus ou moins noirs fabri-
quent à tour de bras l'infernale musique qui ressemble au métier à Loupiau.

— Café ? me demande un second Levantin qui
semble sorti du même moule que le premier.

— Non, merci. Je me contenterai d'une gorgée
de volupté.

Une des almées se lève. C'est la plus jolie, presque la seule jolie, et sa beauté l'a déjà rendue populaire, car les consommateurs qui m'entourent lui
font une petite ovation. Elle a le teint blanc et rose,
les yeux noirs, de longs sourcils qui se rejoignent,
et est vêtue d'une veste et d'un pantalon flottant
en soie bleue, avec force colliers et bracelets.

Au bruit du métier à tisser, elle exécute la danse
des mouchoirs, que la belle Fathma et ses imita-
trices ont exhibée dans toutes nos foires, et, pendant
ce temps-là, les autres femmes tapotent des tambou-

rins en forme de cruche et modulent à intervalles égaux une sorte de trille aigu. C'est exotique et coloré, mais pas voluptueux du tout.

Voici maintenant une de ces fameuses Ouled-Naïl, dont parlent si volontiers les pioupious qui ont fumé des cigarettes sous les palmiers de l'Algérie. Elles sont reconnaissables à la complication de leur coiffure, si chargée d'ornements qu'elles ont l'air de porter sur la tête un paquet de fanfreluches. Leur type est beaucoup moins frais et moins régulier que celui de la Mauresque, et leur vêtement moins gracieux. Danse sans mouchoir ; pas même une danse : une série de contorsions. Encore moins de volupté que précédemment.

Une négresse lui succède, une vraie Ethiopienne au nez épaté, aux lèvres en boudin noir, aux seins bondissants. La musique à Loupiau redouble de rage ; il paraît que c'est un *clou*.

— La danse du ventre ! murmurent quelques-uns de mes voisins.

Ils se trompaient. Ce n'était pas l'illustre « danse du ventre » — que j'ai vue plus tard au café égyptien de la rue du Caire. C'était la danse nègre, une bamboula quelconque, un trémoussement furieux qui mettait sur les dents le plus infatigable des clowns, et que cette bonne grosse nourrice noire recommence toutes les demi-heures, sans en être le moins du monde incommodée. Comme la volupté n'arrive pas et qu'il fait là dedans une chaleur à durcir des œufs, je prends le parti d'aller chercher

ailleurs le placement intelligent d'une autre pièce
d'un franc. Les occasions abondent.

J'entends justement battre, tout auprès, un autre
métier de tisserand : c'est le Café tunisien. Peut-
être la volupté figure-t-elle parmi les consomma-
tions qui y sont débitées... Je risque l'aventure.
Mieux compris que l'autre, celui-ci. Une grande cour
carrée, garnie de tables et de sièges peinturlurés —
ma culotte peut en témoigner, — autour de laquelle
règne une galerie couverte supportée par des colon-
nettes, laquelle galerie se renfle et s'élève au milieu
de l'un des quatre côtés pour englober une estrade.
Snr cette estrade repose aussi la douzaine de femmes africaines fortement enveloppées qui tour à tour
prennent le rôle d'almée, encouragées dans ce travail par des *boucaniers* plus ou moins noirs, renforcés ici d'une manière de violon et d'un vulgaire
piano ! A la négresse près, mêmes danses que chez
le voisin. Oublions les rêves des *Mille et une Nuits*,
et démarrons.

Un grand palais à dôme côtelé et à minaret élégant,
entouré d'une miniature de ville orientale avec des
bazars voûtés, des boutiques multicolores, des
vérandas curieuses : c'est le pavillon de la Tunisie,
dans la construction duquel on a reproduit des parties du Bardo, du Souk-el-Bey, de la Zaouïra de

Sidi-ben-Arouz, de la mosquée d'Okba, et des maisons de Tunis et de Kairouan.

Dans le palais, je pourrais aisément me croire dans la demeure de quelque seigneur tunisien : un riche vestibule au plafond orné d'arabesques, une cour carrée qu'entoure un cloître confortable, dont on achève en ce moment la décoration, une série de salles où sont étalées les productions du pays, et un salon de réception, tel qu'on en voit dans les somptueuses demeures de là-bas.

Tout cela, c'est l'Afrique civilisée ; voici maintenant l'Afrique sauvage : une reproduction de la tour de Saldé (Sénégal), blockhaus carré aux murs percés de fenêtres en meurtrières, miniature de forteresse dont une demi-batterie de Canonniers lillois ne ferait qu'une bouchée, mais qui est imprenable pour des indigènes dépourvus d'artillerie ; le tata de Kedougou (Soudan), autrement dit un village indigène palissadé ; des cases ouolofs, toucouleurs, pouls, bambaras, etc... Mais voici des types d'hommes et d'édifices qui sont d'autre sorte. Hum ! serais-je passé d'Afrique en Asie sans m'en apercevoir ? Ce pavillon sent la Chine à plein nez, et le diable m'emporte si les factionnaires qui ornent ses péristyles ne sont pas des petits-neveux du Grand-Mogol ! Renseignements pris, il se trouve que je suis, en effet, devant le pavillon de l'Annam et du Tonkin, gardé par des tirailleurs annamites.

Cette promiscuité, qui résulte de l'entassement, est le principal défaut de cette partie si intéressante et si ingénieuse de l'Exposition universelle. Il aurait fallu réserver aux colonies l'Esplanade des Invalides tout entière. Il y avait largement de quoi la remplir, et on aurait évité ainsi le mélange désordonné de choses qui jurent de se voir accolées et l'insupportable bousculade à laquelle les visiteurs sont condamnés tous les jours, à partir de midi, dans les étroits espaces qui séparent ces curiosités.

Après le pavillon annamite, le grand palais central des Colonies françaises, vaste monument très original, d'une soixantaine de mètres de façade, coiffé d'une haute coupole et hérissé de quatre tours aux toits aigus. Il est séparé de l'allée médiane par un petit lac que l'on franchit sur un pont cintré tonkinois, orné de deux rangées de statues fantastiques. L'intérieur est un musée des produits de l'art, de l'industrie et de l'agriculture de toutes celles de nos colonies qui n'ont point de pavillon particulier.

Deux pas plus loin, un autre édifice plus petit et plus bas, de style indo-chinois nettement accusé. C'est le pavillon de la Cochinchine.

Rassasié des splendeurs des palais officiels, je songe à me rabattre sur les spécimens de villages indigènes, qui sont groupés derrière cette enfilade de monuments, lorsque mon œil est attiré par une haute tour rougeâtre, surchargée de sculptures dorées, qui se dresse derrière le pavillon cochinchinois. Ceci, c'est l'Inde antique prise sur le vif et transplantée de force à Paris.

Quelques pas m'amènent devant une des mer-

veilles les plus étranges et les plus curieuses de
l'Exposition : c'est l'un des édicules de la fameuse
pagode kmer d'Angkor, que l'on a transporté là de
toutes pièces, avec son soubassement, ses perrons
flanqués d'animaux monstrueux, ses portiques à
frontons en éventail, sa profusion d'ornements com-
pliqués et sa tour cerclée de six couronnes de pierre
fouillée, découpée, dorée, étincelante au soleil, semblable à la tiare énorme de quelque pape géant.
Cette reproduction — car ce n'est, bien entendu,
qu'une habile reproduction — est vraiment admi-
rable et donne une grande idée de ce vieux peuple
kmer disparu depuis vingt siècles, après avoir couvert l'Indo-Chine de villes, de palais et de temples
superbes dont on nous montre ici les derniers vestiges.

Le panorama du Tout-Paris, dont j'aperçois la
carapace ventrue à peu de distance, me choque à
l'égal d'une incongruité. Cette baraque difforme et
idiote auprès de ce chef-d'œuvre sorti du cerveau
des grands artistes de l'antiquité hindoue ! C'est
encore bien pis que la promiscuité des Annamites
et des Arabes... Allons voir les Antipodes.

Je retourne sur mes pas, en longeant à revers les
palais de tout à l'heure ; et, évitant avec un soin égal
d'entrer au théâtre annamite, au café bambara et au

restaurant tonkinois, je vais badauder autour des villages affourou, pahouin, canaque, cochinchinois, essayant de pénétrer un peu, l'imagination aidant, la vie intime de ces races lointaines. Peine perdue. Ces naturels se sentent dépaysés, et, même occupés dans leurs cases à des travaux qui leur sont familiers, ils ne sont plus ici ce qu'ils sont chez eux.

Le village canaque est de beaucoup le plus intéressant et le plus complet. On n'a rien oublié pour lui donner l'apparence de la réalité : trois cases subalternes sont réunies autour de la grande case du chef, et ces cases sont habitées par des familles amenées de la Calédonie ; les poteaux-fétiches, sculptures horribles, grimaçantes, mais colorées et pittoresques, se dressent çà et là, fichés en terre, pour assurer au village la protection des divinités farouches ; mais je lis dans l'œil sombre et profond du pauvre diable qui me guide la tristesse de l'exil et le regret des forêts paternelles.

Elle me touche, la mélancolie de ce sauvage mal recouvert d'une pelure civilisée (encore une cacaphonie) achetée à la Belle-Jardinière ; elle m'arrache une nouvelle pièce blanche, que l'homme olivâtre reçoit avec une humble reconnaissance et met soigneusement dans sa poche. Il n'a pas fallu un long frottement avec les Européens pour lui apprendre la puissance de la monnaie et l'utilité des vêtements, qu'il ignorait au temps où sa race était indépendante, pauvre — et assurément plus heureuse.

Des sons sauvages, semblables au choc des cuillers

de bois contre un fût vide, m'arrachent à mes médi-
tations. Je lève le nez. Ce bruit part d'une enceinte
ornée d'une porte à plusieurs battants, sur lesquels
on lit : *Entrée. — 50 centimes. — Sortie.* Au-dessus,
sur une banderole : *Village javanais.* Le public y
entre avec ardeur ; il paraît que c'est encore un clou ;
il y a des danseuses extraordinaires là dedans, à ce
que disent ceux qui en sortent. Peut-être vais-je
enfin rencontrer quelque trace de cette Volupté,
noble étrangère inconnue à Alger et à Tunis. Allons-
y de nos dix sous.

Voilà l'orchestre : une douzaine de petits magots
jaunes, à nez aplati, aux yeux obliques. Leurs ins-
truments ne sont pas précisément des cuillers, mais
pas beaucoup mieux : ils se composent de paquets
de bambous creux de grosseur diverse, qu'ils secouent
suivant un rythme que je ne saisis pas. Résultat :
des castagnettes dans un tonneau.

Ces virtuoses de la boissellerie se promènent en
bande devant les cases de rotin qui composent le
village, et dans lesquelles des familles malaises
vaquent à leurs occupations quotidiennes, sans la
moindre gêne. Pas belles, les familles malaises. Des
corps de squelette surmontés d'une manière de tête
de mort. Cependant, en risquant un regard indiscret
dans l'entrebâillement d'une porte barrée, j'aperçois
une jeune femme procédant à une réparation de sa
toilette, nue jusqu'à la ceinture, exhibant un torse
délicat aux formes grêles, mais gracieuses : elle parle
à une compagne, que le battant me cache, et son

visage éclairé par un sourire peut passer pour — exotiquement — gentil.

Les musiciens reviennent et se dirigent processionnellement vers le Café javanais, qui occupe le centre de l'enceinte. Café en plein air, abrité seulement par une toiture que soutiennent des supports de bambou, portant cette indication anachronique et désillusionnante : « Bock, 30 centimes. » Au fond, une sorte de théâtre orné de choses papillotantes et bizarres, comme un autel à Bouddha. Sur ce théâtre, trois demoiselles jaunes, drapées de soie chatoyante jusqu'au milieu de la poitrine; le haut du buste, les épaules, les bras sortent nus de ce fourreau : trois statues de laiton mal enveloppées dans une vieille tapisserie. L'une d'elles, qui est d'ailleurs extrêmement jolie, porte ses doigts sous son aisselle, les imprègne du parfum de sa toison et les porte au nez de sa voisine, qui paraît goûter délicieusement cette politesse javanaise.

L'orchestre prend place sur l'estrade, et les trois bayadères se lèvent, étirant coquettement leurs bras minces, sortant leurs épaules et la moitié de leur sein de la gaine qui gêne leurs mouvements, rattachant leurs cheveux noirs et luisants, et elles commencent une sorte de promenade monotone, tournant lentement sur elles-mêmes l'une derrière l'autre, avec des gestes de bras très lents aussi, assez gracieux, mais dont le sens m'échappe absolument. Ce pas continu, qui ne varie et ne s'accélère point, ces gestes toujours les mêmes, l'obsession de cette musique rauque, produisent en peu de temps une singulière sensation d'énervement, d'agacement et de lassitude sur notre organisme européen.

Mais voici que myn heer Gaster, inconsidérément oublié par moi depuis midi, m'adresse les récriminations les plus impérieuses. Il est sept heures. J'en ai assez pour une fois, et je pars à la recherche d'un gargotier dans les prix doux.

. . . .

— Cocher, au Trocadéro !

Toutes choses dûment examinées, j'ai résolu de m'offrir, pour ma première visite au Champ-de-Mars, une entrée de souverain, ni plus ni moins que le shah de Perse ou le prince de Galles. Je veux aborder l'Exposition par le palais qui la domine de l'autre rive de la Seine, m'arrêter sur le péristyle, au-dessus de la Cascade ; il me plaît de me promener mon ventre avec importance, là-haut, en me figurant que je suis entouré d'un état-major à panaches et suivi d'un troupeau de courtisans empressés à suivre la direction de mon regard royal, à faire écho à mes admirations ou à souligner mes critiques. Je veux ensuite descendre les degrés avec majesté, toujours respectueusement accompagné de ma suite, traverser le jardin en pente jusqu'à la Seine, passer le pont, m'y arrêter de rechef, si je le trouve bon, pour jouir du panorama du Champ-de-Mars déroulé sous mes yeux, et passer fièrement sous la tour Eiffel. Là, je congédierai, d'un geste noble, mais gracieux, mes fantômes de généraux et de chambellans, et je reprendrai l'incognito plein de charme d'un petit censier, obscur mais curieux.

Un franc cinquante de course, vingt-cinq centimes de pourboire, total un soixante-quinze. Cette heure de royauté va me coûter trente-cinq sous. Je peux m'offrir cette fantaisie de Sardanapale.

Il est midi et demi, et je viens de déjeuner convenablement, au *restaurant de France*, boulevard Poissonnière, chez Avisse — un ancien, que j'ai connu autrefois gérant de nuit au *café de la Paix*; — ce soir, il y a fête à l'Exposition, avec illuminations de toutes sortes et embrasement de la tour Eiffel ; il fait un temps superbe...

— Fouette, cocher ! Au palais du Trocadéro !

C'est l'heure où la marée des voitures commence à gonfler. A mesure que l'on approche de l'Opéra, la chaussée s'encombre davantage, les véhicules de tout format se serrent, se tassent ; sur le boulevard des Capucines, ils sont roue à roue, comme incrustés les uns dans les autres, et n'avancent plus qu'avec la vélocité des limaçons. Ça va de la sorte jusqu'à la place de la Concorde, où la masse se desserre un peu ; puis ça reprend aux Champs-Elysées et sur les ponts, jusqu'à l'Exposition.

Sur les hauteurs du Trocadéro, pas grand monde : ce n'est pas de ce côté que la foule se porte. Les courants se dirigent plus volontiers vers les entrées moins lointaines : celles du quai ou de l'avenue Rapp. Ma majesté n'est donc point incommodée par le contact trop direct des multitudes subalternes ; il m'est flatteur de supposer que c'est par discrétion que les badauds se sont écartés de mon chemin. Le carrosse s'arrête, je dépose dans la main du cocher une gratification princière (cinq sous de dringuelle), e m'enfonce dans les profondeurs du palais, que je traverse de part en part, pour me diriger vers la terrasse qui me fournit un point de vue superbe sur l'ensemble du Champ-de-Mars... et là je m'arrête frappé d'une impression inexprimable, saisi d'une admiration sans bornes.

Ce qui se développe sous mes yeux émerveillés, c'est un palais féerique, gigantesque, invraisemblable, comme en enfante quelquefois l'imagination pendant des nuits fiévreuses, enfermant dans ses deux ailes un jardin immense et fantastique, plein de fleurs, de massifs de verdure, de balustrades, de statues, de bassins d'eau reflétant l'azur du ciel, de fontaines monumentales dont les groupes se profilent en blanches silhouettes ; et, à l'entrée de ce jardin, la Tour, faite de dentelles de fer, qui du bord du fleuve semble s'élancer jusqu'à la voûte bleue du firmament. Un dôme colossal, d'une richesse inouïe, resplandissant comme la couronne d'un empereur byzantin, marque le centre du palais, là-bas, au loin, tout au fond du parc immense, et deux autres dômes bleuâtres, presque aussi grandioses, indiquent le centre des deux ailes latérales.

Mais ces trois coupoles admirables ne sont pas seules à dépasser l'horizon et à traverser l'air diaphane : de toute part, derrière et à côté d'elles, surgissent par douzaines d'autres dômes de toute couleur et de toute forme, des tours, des belvédères, des portiques. C'est une ville entière, faite de monuments de tous pays, .qui s'est élevée là autour, comme tirée du néant par la baguette d'un magicien tout-puissant ; elle déborde du Champ-de-Mars et s'en va joindre l'Esplanade des Invalides, là-bas, à gauche, suivant la courbe dessinée par la Seine, dans les eaux de laquelle plongent les assises· de sa première rangée d'édifices.

La splendeur indicible de ce panorama immense dépasse si absolument tout ce qui s'est vu jusqu'ici, que je reste immobile, paralysé par l'étonnement. Il me semble entendre un de mes courtisans-fantômes murmurer à demi-voix, comme écrasé par ce spectacle :

— On se croirait transporté dans une autre planète !

Je daigne me retourner en souriant avec l'intention de coller un avancement immédiat à l'heureux personnage qui a si bien rendu ma propre pensée... Mais il n'y a personne. C'est moi-même qui, inconsciemment, ai formulé cette judicieuse observation.

— Tu viens d'articuler là, sans le vouloir, une grande vérité, mon vieux, me dis-je avec satisfaction ; mais s'il est bon de voir les belles choses de loin, il est meilleur de les voir de près. En route !

Je dévale au milieu de l'exposition florale qui s'étale sur les pentes du Trocadéro, enivré du parfum des roses, laissant à ma droite un pavillon bâti en troncs d'arbres, qui est celui des Eaux et Forêts; je franchis la passerelle qui escalade le quai, le pont qui enjambe la Seine, et je vais droit à la fameuse tour qui résout le grand problème raté par l'humanité, autrefois, à Babel.

Bien que je ne sois pas précisément né d'hier, je n'avais jamais eu l'occasion de regretter, devant les œuvres de l'homme, de n'avoir qu'une seule bouche à ouvrir et deux yeux à écarquiller. Cette occasion, il paraît qu'elle était réservée à mes vieux jours, car je l'ai là, devant moi. Au pied de ce colosse, j'éprouve une sensation de monstruosité, un effet d'attendrissement, de respect et d'écrasement, semblables à ceux que j'ai ressentis quelquefois dans le cours de ma vie, devant les grands spectacles de la nature : la mer, le Mont-Blanc, le cirque de Gavarni et les rochers de Bretagne.

L'image de la tour Eiffel est aujourd'hui photographiée dans la mémoire de tout le monde; je n'ai donc pas à vous l'esquisser. Mais ce dont il est impossible de se faire une idée ailleurs qu'à sa base même, c'est son énormité réelle.

Vous savez que ses quatre pieds, distants de plus

11

de cent mètres, enferment un espace libre d'un hectare et demi, et sont réunis par de grands arcs de fer formant portique des quatre côtés ; eh bien ! ces arcs sont si hauts que, quand on est dessous, il faut se désarticuler le cou pour suivre de l'œil leur courbe immense. Et cela, ce n'est encore que le soulier du géant, le socle de la tour qui, par-dessus, monte, monte à l'infini. C'est d'abord un enchevêtrement de pièces formidables et innombrables, entre lesquelles rampent lentement des escargots bizarres, qui sont les ascenseurs contenant chacun cent personnes ; puis, ce fouillis de fer se simplifie à mesure que la tour se rétrécit ; et quand elle s'élève presque droite, au-dessus de la seconde plate-forme, son fût a l'air de n'être plus composé que de montants minces comme des fils, qui finissent eux-mêmes par disparaître dans la perspective. Les foules humaines, là-dessus, font l'effet de pucerons sur un pommier, — je parle seulement des escaliers et du premier étage, car au delà je ne distingue plus rien. — En ce moment, où des milliers de personnes montent, descendent, s'agitent dans la tour, il me faut fixer mon attention sur un point déterminé pour y discerner des petits points noirs en mouvement, qui sont des hommes.

Je ne peux m'arracher à la fascination de ce cyclope de métal ; pendant des heures, je demeure comme retenu magnétiquement dessous, à côté, tournant autour, battant les bosquets d'alentour et y revenant sans cesse ; j'y serais volontiers resté toute

la journée, oublieux de tant d'autres merveilles qui
m'attendent ailleurs.

Une sensation de fraîcheur au visage me tire de
cette hypnotisation : c'est une pluie fine qui descend
de ce séjour aérien. De quoi se compose-t-elle ? Hum !
N'approfondissons pas, et filons.

Je tourne le dos à « l'Histoire de l'habitation
humaine » qui allonge parallèlement au quai, à
droite et à gauche du pont d'Iéna, son alignement de
maisons romaines, grecques, assyriennes, romanes,
gothiques, renaissance, etc., derrière lesquelles
courent les trains du petit chemin de fer qui joint
le Champ-de-Mars à l'Esplanade des Invalides. Je
jette un coup d'œil de badaud sur les édifices qui
peuplent le parc ombreux au milieu duquel la tour
enfonce ses piles monstrueuses : d'un côté, les pavillons des Manufactures de l'Etat, du Gaz, des Télé-
phones, des Diamants, des Tabacs turcs, des Folies-
Parisiennes, de Suède, de Norwège, de Monaco ; de
l'autre, ceux de la République argentine, du Brésil,
du Vénézuéla, de la Bolivie, du Chili, de l'Equateur,
de Suez-Panama, de Salvador, de Nicaragua, et le
très curieux monument d'architecture aztèque qui
constitue le pavillon du Mexique.

Puis, je cherche à m'orienter pour aborder logi-
quement le palais même de l'Exposition, qui développe au fond du jardin son fer à cheval gigantesque ;
à me combiner une méthode, indispensable dans une
pareille immensité. Je dois dire, d'ailleurs, qu'on
arrive assez aisément à se reconnaître, avec un peu

d'attention et de jugeotte, car le plan général est conçu avec une très remarquable intelligence.

Au débouché même du pont d'Iéna commencent deux allées parallèles, couvertes d'un velum bariolé (deux marquises semblables à celle des Invalides), qui passent sous les portiques de la tour, traversent le jardin d'un bout à l'autre, côtoient le lac aux fontaines lumineuses et vont aboutir au porche central surmonté du magnifique dôme qui marque le cœur même de l'Exposition, si l'on peut ainsi parler. Pas moyen de se tromper de route.

Je chemine dans l'une de ces avenues couvertes, à l'abri du soleil, qui déverse à torrents ses rayons brûlants et sa lumière éblouissante, en contre-bas des terrasses à balustrades qui forment le soubassement du palais et sur lesquelles la foule s'agite comme une fourmilière. L'aile droite, celle que je longe, s'appelle « les Arts libéraux »; l'autre s'appelle « les Beaux-Arts »; la partie centrale vers laquelle je marche et à laquelle ces deux ailes vont s'attacher à angle droit, c'est « l'Industrie » proprement dite; elle occupe toute la largeur du Champ-de-Mars, et en la traversant on arrive à la fameuse « galerie des Machines » qui lui est contiguë et parallèle.

Une véranda continue borde le palais et ses ailes, où cent mille visiteurs peuvent s'asseoir, se promener, se restaurer et se désaltérer à couvert. Pour le moment j'y accepterais avec reconnaissance une chaise, une pipe et une canette, par la raison que je suis las et que je commence à m'imbiber plus que de raison. Mais j'ai beau regarder, je ne trouve pas la moindre place libre. La cohue augmente, à mesure que l'heure avance. A partir de six heures, l'entrée va coûter cinq tickets, et les personnes ingénieuses s'empressent de devancer le moment fatal du relèvement des prix. Peu à peu les pelouses se garnissent de groupes assis, dont la composition suffit à révéler la catégorie sociale et les intentions prochaines : le ménage complet, monsieur, madame et bébé, quelquefois aussi bobonne, plus un panier pansu. Ça veut dire que ces petits bourgeois, pas bêtes, sont arrivés à six heures moins dix, qu'ils sont entrés pour dix sous (cote actuelle des tickets sur la place de Paris) au lieu de deux francs cinquante, qu'ils vont dîner tranquillement et proprement sur l'herbette, alors que les gens distingués se battront « comme des quiens » autour des détritus de cuisine des restaurants épuisés. Sapristi, si je voyais parmi eux une figure de connaissance, c'est moi qui ne ferais pas le fier, vous m'entendez bien !

Me voici par le travers de la fontaine monumentale de Coutan, représentant la ville de Paris voguant sur son navire symbolique : elle orne le fond du lac central et indique exactement le milieu du jardin, dont la seconde moitié est surélevée et de plain-pied avec les terrasses latérales. Une dizaine de marches à gravir, ce qui est une corvée plus dure que vous ne pensez pour un bonhomme suant et soufflant, à qui les ans et la fatigue ont attaché un boulet de canon à chaque patte. Mon royaume pour un joli verre de bière !

Je continue à déambuler péniblement, dans une température de serre, sous le velum surchauffé. Je passe, sans avoir le courage de les regarder, entre l'un des pavillons de la ville de Paris et un parterre entourant un bassin, puis à côté d'une statue colossale, toute blanche, qui doit personnifier la République, et je me soulage par un gros soupir en me sentant enfin à l'ombre du porche gigantesque et somptueux qui précède le dôme central. Ouf !

Il règne ici un bon petit courant d'air relativement frais, qui me permet d'évaporer la surabondance de liquides organiques dont mes vêtements sont humectés.

La magie du coup d'œil contribue aussi à ranimer mes forces expirantes. Devant moi s'allonge la grande galerie d'honneur qui mène du porche au hall des Machines, et dont les portiques latéraux donnent accès aux diverses sections industrielles. Elle est immense, cette galerie, et d'une splendeur indescriptible. Au-dessus de ma tête en ébullition s'arrondit, à une hauteur prodigieuse, le dôme transparent, d'une richesse de décoration inouïe, une merveille d'art telle qu'on n'en a, je pense, jamais vu. Non, jamais la collaboration des arts de l'architecte, de l'ingénieur, du peintre, du sculpteur et du céramiste n'ont engendré une œuvre aussi complexe, aussi vaste et aussi parfaite.

Je n'en détourne mes regards que quand mon cou disloqué menace de laisser ma tête tomber par terre. Alors, je vais errer au hasard de ma fantaisie dans la galerie, rebondissant presque douloureusement, tant la sensation est intense, d'étonnement en étonnement, d'admiration en admiration : succession de portiques différents et tous magnifiques, amoncellements de soieries de Lyon si finement tissées qu'on dirait des miniatures sur soie, grotte et source artificielles avec leur naïade sortant de l'onde, trophées immenses et flamboyants faits de fragments de machines, d'autres artistement composés de tuyaux de cuivre rouges et jaunes, statues et groupes colossaux, autels d'or, guipures de fer, vases-géants, horloges-monuments, maîtresses-œuvres de toute sorte, dont on a composé avec un talent presque surhumain la décoration de cette galerie sans rivale.

J'arrive au bout, ébloui, ahuri, apoplectisé. Au bout, c'est la galerie des Machines. Un monde. Immobile sur le seuil, je risque timidement dans ces espaces sans borne ce qui me reste de vue dans la visière. Les milliers de machines qui gesticulent, qui tournent, qui tordent, qui coupent, qui battent, qui filent, qui tissent, qui broient, qui scient, qui rabotent, qui taillent, qui impriment, qui pétrissent, qui font là-dedans tout ce que la main et le cerveau de l'homme ont ordonné à la matière de faire à leur profit, représentent vaguement, au fond de ce hall cyclopéen, une poignée de cloportes se démenant au fond d'une bouteille, et leurs mille fracas divers se fondent dans ce vide énorme en un murmure sourd comme le grondement d'un orage lointain.

C'est tout à la fois grandiose, doux et menaçant. L'âme en est troublée jusqu'en ses attaches profondes. La mienne semble flotter, prête à prendre son vol vers des régions inconnues... Est-ce que je deviens fou ? Non, pas encore, mais ça ne tardera mie. Ce qui est un fait acquis, c'est que je succombe de lassitude et d'inanition.

Manger, manger et boire, boire surtout, et dans pas longtemps : voilà ce qui importe absolument pour le quart d'heure, si je veux éviter à mon cadavre les humiliations de la Morgue avant ce soir et du wagon aux colis funèbres pour demain matin.

Je rebrousse chemin dare dare, sans plus rien regarder, bousculant et bousculé. Dehors, le soleil, bas à l'horizon, n'envoie plus que des rayons inoffensifs, et la température est devenue délicieuse. En revanche, la cohue s'est décuplée : le jardin est noir de monde dans toute son étendue. Non seulement les innombrables restaurants, pris d'assaut, n'ont pas une table, pas une chaise, pas une place libre, mais devant chacun d'eux stationne un rassemble-

ment considérable d'estomacs surnuméraires attendant que quelque repus se décide à tiquer au râtelier ;
les garçons affolés ont perdu la tête, répondent de
travers ou ne répondent pas du tout ; je vois des
consommateurs qui se sont installés de force sur les
comptoirs, où ils broutent n'importe quoi à côté de
la demoiselle effarée ; d'autres ont apporté des caisses
vides, découvertes je ne sais où, et se font servir là-
dessus sans nappe ni couvert. Des scènes renouve-
lées du radeau de la *Méduse*.

— Si tu t'obstines à traîner par ici, mon bonhomme, me dis-je en mon par-dedans, m'est avis
que tu as énormément moins de chances de manger
que d'être mangé toi-même. Ouvre l'œil, et le bon :
c'est le cas de montrer que ton honnête femme de
mère n'a pas donné le jour à un imbécile !

Sur cette parole encourageante, je tourne carrément les talons et je descends d'un pas décidé vers
les pelouses, reluquant avec la sagacité d'un Canaque affamé les dîneurs indépendants établis sur les
gazons. J'arrête mon choix sur un jeune couple
d'aspect avenant, en train de refourrer dans un sac
de voyage un paquet de tartines au jambon, superflu
d'un repas simple mais réparateur, pendant que
leur jolie fillette rebouche soigneusement la bouteille. Je m'approche avec mon plus engageant
sourire :

— Mes enfants, leur dis-je, voulez-vous sauver la
vie d'un homme qui serait flatté d'être votre
grand-père ?

Le mari lève la tête, un peu interloqué, et la jeune femme part d'un éclat de rire, qui sonne à mon oreille comme la musique des anges qui donnent des concerts classiques dans l'antichambre du Paradis.

— C'est à nos provisions que vous en voulez, monsieur ! répond-elle. Je disais justement à Jules — il s'appelle Jules, l'heureux possesseur de cette femme charmante — qu'au lieu de remporter tout cela, nous ferions mieux de l'offrir à ceux qui se disputent là-bas de mauvaises charognes ! A votre service, monsieur, n'est-ce pas, Jules ?

— Pardi ! mais bien sûr, monsieur ! Mais, vous savez, ce n'est pas de la cuisine à Bignon ! Du pain, de la viande froide et une demie de blanc de chez le mastroquet d'en bas...

— Parfait, mes enfants, l'eau m'en vient à la bouche. Mais, entendons-nous : invitation pour invitation. Vous me ferez le plaisir de venir tous trois, dimanche, passer la journée avec moi à Saint-Germain... Rendez-vous à dix heures, sur le quai, devant le ponton du *Touriste*...

Le couple se consulte de l'œil; c'est Bébé qui répond en battant des mains :

— Oh, oui ! oh, oui, maman !

— Allons, monsieur, c'est entendu, puisque vous avez l'obligeance...

Je n'attends pas le reste : je m'affale sur le tapis végétal, les sandwichs d'une main, la bouteille de l'autre, tandis que le crépuscule se pointille de ballons vénitiens, de soleils électriques, et que la tour Eiffel allume sa broderie de becs de gaz.

Ah ! le bon repas des petites gens, simple et propre, assaisonné du meilleur des condiments : la cordialité sincère ! Ah ! les aimables enfants du peuple parisien, intelligents et rieurs ! Les longs hourras de la foule saluent l'apparition des grandes gerbes d'eau multicolore des fontaines lumineuses et des feux de bengale rouges qui brûlent du haut en bas de la Tour, que nous sommes encore là, à babiller comme si nous nous connaissions depuis vingt ans !

Ils s'appellent M. et Mme Cordier, et ils demeurent fort loin, du côté de la Villette. Lui, il est dessinateur en ornements ; elle, dans ses heures libres, elle travaille dans les confections pour le *Printemps ;* quant à Bébé, elle a sept ans, les yeux bleus de son papa, les beaux cheveux châtains de sa maman, et elle embrasse ma vieille trogne à grands bras, au moment où nous nous quittons, sur le coup de dix heures :

— Tu oublieras pas, dimanche, dis, monsieur ?

. . . .

Au point de vue purement pittoresque et fantaisiste — un point de vue où je prends place volontiers et où je me plais fort — les environs du Champ-de-Mars sont presque aussi intéressants que l'intérieur même de l'Exposition. Sans parler des cafés-concerts plus ou moins exotiques et rastaquouères, qui abondent sur la rive gauche, entre lès Invalides et l'Ecole militaire, il y a, avenue Suffren, à quelques pas du guichet qui fait le coin de l'avenue de La Motte-Picquet, trois *restitutions* du « Paris disparu » qui valent largement les vingt sous que chacune d'elles vous coûtera pour être vue.

C'est d'abord la reproduction de la *Bastille,* — une Bastille de théâtre, il est vrai, aussi mignarde que la vraie était farouche et revêche, mais encore curieuse néanmoins — et du vieux quartier qui l'entourait. Vous y rencontrerez les gardes-françaises faisant patrouille au milieu des maisons, des échoppes, des guinguettes du siècle dernier ; vous y verrez les jolies boutiquières contemporaines de Louis XV dans leur fringant costume ; vous y entendrez les virtuoses du pavé du Roi dégoiser leurs vieilles chansons, juchés sur leurs tréteaux ; vous pourrez même assister, si vous avez la patience d'attendre l'heure propice, à l'évasion que l'infortuné Latude exécute chaque jour sous les yeux de ses arrière-petits-neveux. Ces tours, ces remparts, ces créneaux, ces fortifications, ces pignons, ces aubettes, sont en papier mâché, je le sais bien ; les tricornes de cette maréchaussée ont de vagues allures de casquettes à trois ponts ; toutes ces demoiselles à fichu entre-bâillé ressemblent plutôt à Grille-d'Egout qu'à la pimpante Manon, et les exercices de ce Latude à tant par mois ne réussissent guère à éveiller l'émotion poignante que l'on ressent à la simple lecture des

Mémoires du prisonnier trentenaire ; mais enfin, tel qu'il est, cet ensemble possède le degré de fidélité nécessaire pour vous transporter, l'imagination aidant, en plein ancien régime et vous donner l'impression du Paris d'alors. Et cette impression, il vous sera loisible de la renforcer et de la compléter, moyennant d'autres pièces de vingt sous, en visitant de même les *concurrences* qui se sont installées à côté et qui ressuscitent le *Châtelet* et la *Tour de Nesle*.

Ce n'est pas tout : vous trouverez, en traversant l'eau, encore d'autres distractions archéologiques ou exotiques. Tout en haut de la butte du Trocadéro, je ne sais quel entreprenant entrepreneur a eu l'idée de reconstruire en carton-pâte le donjon des Templiers, qu'un roi captif quitta pour aller à la mort, il y a cent ans, comme les moines-chevaliers l'avaient quitté, cinq siècles auparavant, envoyés eux aussi à la mort par un autre roi de France. Étrange destinée des choses ! Aujourd'hui, le *Temple*, ou plutôt son fantôme, découpe pittoresquement sur le ciel bleu le profil de ses tours à poivrière, pour l'amusement des badauds ; et les curieux qui gravissent ses escaliers en tire-bouchon embrassent le gai panorama de l'Exposition, de ces mêmes fenêtres d'où le pauvre Louis XVI jetait de si douloureux regards sur sa capitale ensanglantée.

Avec de bons yeux et quelque attention, les explorateurs du Temple pourraient distinguer aussi, de là-haut, les courses espagnoles du quai de Billy, où

des toreros plus ou moins hidalgos et des bande-
rilleros plus ou moins basques tarabustent deux ou
trois fois par semaine des ruminants plus ou moins
apprivoisés. On ne tue point, dans cette arène ibé-
rique de Paris, et la prima espada n'a rien à faire
ici. Les bêtes ont les cornes mouchetées comme des
fleurets de salle d'armes, les épées sont de bois et
les pistolets de paille. C'est un simulacre. Les tau-
reaux en sortent sains et saufs, les chevaux aussi
ou à peu près, et les hommes parfois avec une
patte cassée, une épaule luxée ou une demi-douzaine de côtes enfoncées. La belle invention que la
réglementation administrative !

Du cirque de Séville aux prairies du Far-West
canadien, la distance est infiniment moins longue
que des géographes facétieux cherchent à nous le
faire croire. Un quart d'heure de fiacre, pas davantage. *Buffalo-Bill*, dont vous n'êtes pas sans avoir
ouï parler, je pense, a établi son camp américain à
deux pas de la porte Maillot. Toute une tribu de
Sioux — à moins que ce ne soient des Pieds-Noirs
ou des Papatoutous, — hommes, femmes et enfants,
peuple ses wigwams, poursuit des chevaux présu-
més sauvages, les capture au laso, les dompte en un
clin d'œil, manie le rifle avec une adresse qui stupé-
fierait Œil-de-Faucon, attaque tous les jours la
même diligence, scalpe les mêmes voyageurs, dont
les cheveux (plus vivaces que les miens) repoussent
en vingt-quatre heures, se livre aux ébats familiers
à tout Peau-Rouge ayant conscience de ses capa-

cités. Buffalo-Bill a un succès bœuf... buffle, veux-je dire : tout Paris court là, l'enceinte ne désemplit pas. S'ils ont une remise sur la recette, ces Mohicans s'en retourneront avec des rentes ; Renard-Subtil et Vent-du-Soir pourront mettre le tomahawk au râtelier et passer leurs vieux jours à fumer le calumet de la paix.

Vous pensez peut-être que nous sommes loin de l'Exposition ? Point du tout. Daignez lever le nez, je vous prie : voilà devant vous les minarets jumeaux du palais du Trocadéro et la mince aiguille avec laquelle M. Eiffel veut enfiler la lune.

En cherchant bien, nous devons trouver quelque part par ici un petit *tram* qui nous y ramènera en deux temps et pour trois sous.

Et puisque nous sommes en train de vagabonder, allons, si vous le voulez bien, droit à la *rue du Caire*, Aussi bien, le soleil décline, et il est un peu tard pour nous plonger dans les études industrielles ou dans les admirations artistiques. Partons du pied gauche et vivement, car il y a encore un assez joli ruban d'ici en Egypte. Un chameau serait certes le bienvenu, mais je n'en ai pas sur moi.

Elle est là-bas, la rue du Caire, tout au fond, à droite, entre l'aile des Arts libéraux et l'avenue Suffren.

D'abord, dévalons le jardin du Trocadéro, enjambons le quai et la Seine, laissons à gauche la tour Eiffel, doublons la République Argentine, passons entre le Mexique et le Vénézuéla, puis devant le théâtre à ballets intitulé, je ne sais trop pourquoi, le « Palais des Enfants ». Voici le chemin qui mène en droite ligne au pays des Pharaons. Nous filons maintenant entre le revers de l'aile du palais et une série de pavillons d'architecture variée qui bordent l'enceinte de l'Exposition : l'Uruguay, Saint-Domingue, le Paraguay, le Guatémala, Hawaï, le bazar des Indes, qui est un fragment détaché de quelque antique monument hindou, le bazar chinois, encombré de bronzes fantastiques, de vases éclatants, de meubles bizarrement contournés, de broderies merveilleuses aux vives couleurs et de magots en porcelaine vendus par d'autres magots en chair et en os.

Le chant grêle de la cithare résonne dans un pavillon ouvert, dont l'entrée est ornée de trois superbes filles aux vêtements colorés, qui semblent indifférentes à l'admiration des curieux en extase devant elles : c'est le Café roumain.

Une petite place entourée d'un bazar, dont les boutiques sont abritées par des arcades blanches, effilées en poire : nous sommes au Maroc ; et comme on a soif partout, voici le Café marocain, hermétiquement clos par une tente qui laisse filtrer des sons barbares servant sans doute de musique dansante aux almées de ce pays-là.

Si le Maroc n'est pas absolument la préface de

l'Egypte sur les atlas, il est le faubourg du Caire au Champ-de-Mars.

Uue double rangée de maisons inégales à échoppes obscures, sous les auvents desquelles travaillent ou trafiquent des gens basanés à turban ou à chachia, des murs blancs à moucharabieh * sculptés s'allongent devant nous : c'est le fameux bout de rue. Une foule désordonnée, hétéroclite, comospolite, tapageuse, s'agite, se bouscule, s'écrase dans cet étroit pertuis. Flâneurs, goguenards et badauds ingénus, redingotes correctes et complets de voyage, barbons et potaches, honnêtes mères de famille et cocottes à falbalas, vierges sages et ex-vierges folles, le tout pointillé de visages de réglisse et de têtes de bourriquets.

Un remous se fait dans le flot humain, au moment où nous y pénétrons. Les mâles jurent, les femelles crient, la jeunesse rit. C'est un convoi de trois impures perchées sur des ânes et coquettant carrément avec les âniers, dont le rictus épanoui montre les dents blanches comme une tâche claire sur leur face noire. Ces demoiselles se trémoussent, s'esclaffent et piaillent à chaque pas de leur monture, feignant de tomber, se raccrochant à la crinière de la bête ou au cou du conducteur, exhibant dans leurs ébats le plus possible de leur gorge et de leurs

---

* Loggia de bois appliquée au mur, sur lequel elle fait saillie, et qui forme la fenêtre de l'appartement des femmes en Orient. Le treillis, très serré, ne permet pas au regard de pénétrer à l'intérieur, tandis que de la maison on voit très bien ce qui se passe dehors.

jambes. Les gens extrêmements vertueux se voilent le visage ; mais la grande majorité regarde et rigole ferme :

— Les Trois Grâces !

— Oh, la la ! As-tu fini, Célestine !

— Tartufe, où-ce qu'est ton mouchoir ?

— Pus que ça de mollet, mazette !

— Va bien qu'é z'ont des pantalons !

— Ben zut alors ! !

Le dialogue se corse et finit en engueulade, comme au bal masqué.

Des personnes altérées, mais naïves, s'efforcent de de déguster les poisons bizarres qu'un sapajou à turban débite au fond d'une niche obscure. Mais le va-et-vient de la foule trouble les buveurs, dont les vêtements absorbent une bonne moitié de la consommation.

— Nom d'un chien ! Avez-vous fini de pousser comme ça ?

— Vous devriez plutôt remercier, ça vous a peut-être sauvé la vie !

— Colique en bouteille, deux sous le verre ! crie un loustic — et la galerie recommence à rire.

Meeting féminin devant une boutique d'orfèvre, où un Levantin astucieux fait scintiller les séductions de sa quincaillerie somptuaire ; meeting d'enfants devant le four primitif d'un fabricant de galettes qui n'a visiblement jamais eu des relations avec MM. Vaissier frères.

Un porche profond gardé par des indigènes char-

gés de percevoir le droit d'entrée. On entend sortir
de là de vagues murmures, semblables à une prière
récitée en commun. Est-ce une mosquée? J'interroge
de l'œil et du geste l'un des janissaires, qui me
répond dans son baragouin en tendant la main. Flûte!
Je ne risque mes boudjous qu'à bon escient.

Une troupe de gommeux farceurs, arrêtée devant
un moucharabieh, adresse des signes d'intelligence
à ce garde-manger de harem, pour faire croire aux
gogos qu'il y a des sultanes derrière le treillis.

On entre à foison dans une maison de bois à tentures de laine multicolore. C'est le Café égyptien :
danse du ventre, derviche tourneur... Çà, c'est notre
affaire.

Une longue salle entièrement tendue de tapis, —
et encombrée de chaises fabriquées au faubourg
Saint-Antoine, ce qui nuit un peu à la couleur locale.
Au fond, une estrade sur laquelle sont accroupis les
almées, le derviche à bonnet pointu et à houppelande
blanche, et les trois musiciens de rigueur.

Un bonhomme à peau bistrée et à barbe grise, vêtu
d'une blouse de laine jadis blanche, vient me présenter une énorme et superbe cafetière de cuivre
jaune, qui séduit mon œil d'antiquaire, mais point
mes appétits de gourmand. Mes voisins, moins respectueux de leurs intestins, goûtent le breuvage sus-
pect dans des tasses de poupée.

La salle est bondée, les trois musiciens commencent leur vacarme : le derviche se lève. Taille
moyenne ; point gros, plutôt svelte ; traits fins et

réguliers, avec de grands yeux noirs. Rien du nègre, si ce n'est la peau : on dirait un Apollon en chocolat. Il commence à tourner sur ses pieds nus en étendant les bras, les yeux à moitié clos ; il tourne, tourne, tourne, tourne toujours, d'un mouvement modéré, mais continu, jusqu'à ce que le public ahuri, hypnotisé par cette toupie vivante, ressente les effets précurseurs du mal de mer et rompe le charme en criant : « Assez ! assez ! » La marionnette s'arrête alors tout paisiblement, rouvre ses yeux, regagne sa place sans donner la moindre marque de fatigue ou d'essoufflement.

Des hourras frénétiques saluent la danseuse qui vient le remplacer. Un beau type de bohémienne d'une vingtaine d'années. Un visage large et énergique, des yeux sombres et des lèvres sensuelles, une démarche souple et nonchalante : une tigresse qui se réveille. Son vêtement de soie bleue rayée d'or moule vaguement son corps vigoureux, que l'on devine nu sous l'étoffe légère. Elle se promène d'abord lentement sur l'estrade, comme pour savourer l'impatience de l'assistance, puis ses pas entrent dans le rythme, ses hanches prennent la cadence, ses bras se lèvent, elle s'anime peu à peu, s'agite de plus en plus jusqu'à ce que le démon lascif de la danse orientale la possède tout entière. Alors son ventre, ses hanches, sa croupe, ses seins, palpitent et ondulent violemment, bondissent, se gonflent, se creusent, se tordent comme dans une fureur d'hystérie. Le public enfiévré éclate en applaudissements et en acclamations. L'almée passe brusquement de son agitation spasmodique au calme le plus complet, sourit froidement et va reprendre avec nonchalance sa position de tailleur en fonctions.

Je ne puis pas dire que cette fameuse « danse du ventre » soit l'idéal de la grâce voluptueuse. Non, c'est érotique et brutal. J'ai idée que l'art de la danse était autrement compris et pratiqué dans les pays musulmans, aux beaux jours de l'Islam, et à Athènes et à Rome, au temps de leur splendeur. Néanmoins, comme mes chances de visiter l'Afrique diminuent d'heure en d'heure, je ne suis pas fâché d'avoir vu ces choses avant de tourner de l'œil.

XVI

Il y a cent ans.

Il y a cent ans, je n'avais pas encore eu la satisfaction de faire connaissance avec mon boulanger — pas celui qui fait des complots[*], celui qui fait des pains, — ni vous non plus, je suppose, à moins que vous ne soyez le compagnon d'état civil du père Chevreul, qui vient justement de remercier le sien, comme vous ne l'ignorez point.

Mais j'ai l'avantage d'avoir fréquenté beaucoup de paroissiens, actuellement occupés à brouter les épinards par la racine, qui les mangeaient fort bien par les feuilles au temps où monseigneur le marquis de

---

[*] Ces lignes, écrites en 1889, font allusion au général Boulanger, l'agitateur militaire qui se suicida à Bruxelles en 1891.

Castries était gouverneur des Flandres pour feu
S. M. très chrestienne, Louis, seizième du nom.
C'est vous dire que j'ai connu cette époque-là appro-
ximativement — comme le sergent légendaire du
101ᵉ régiment connaissait les truffes :

« — Sargent, sans vous commander, que le camarade Pichou y demande, révérence parler, si vous
auriez des fois mangé des truffes ?

» — Conséquemment, que j'en ai mangé… approxi-
mativement, sinon par mes mandibulations respec-
tives et individuelles. Avant de devenir, par la
force de mon mérite intrasec, *sficier* au 101ᵉ, j'étais
capral au 27ᵉ, et même *fuslier* au 4ᵉ léger ; et pour
lorss j'avais comme camarade de lit un particulier
que son cousin était brosseur d'un capitaine marié
qui mangeait des truffes surabondamment. »

Je puis donc, à la rigueur, en extirpant de ma
vieille mémoire les souvenirs qui en garnissent le
tréfond, vous offrir sur les hommes et les choses de
l'an 1789 des renseignements à peu près aussi com-
pétents que ceux du sergent susdit sur les « pommes
de terre à goret ». Si ça vous suffit, tout sera bien.
D'ailleurs, vous savez, la plus belle fille du monde…
Demandez voire à Fanchonnette !

Donc, il y a cent ans, la physionomie de nos bons
pays de Flandre et d'Artois était passablement diffé-

rente de ce qu'elle est à présent. Et j'imagine que si l'illustrissime Merlin — l'enchanteur, pas le sénateur — transportait d'un coup de sa baguette magique mes jeunes lecteurs cent années en arrière, ils se trouveraient non moins désorientés que le serait un bourgeois d'alors que l'on ressusciterait aujourd'hui.

Jugez-en : pas de chemins de fer, pas de fabriques, pas de sucreries ni de distilleries, pas de bateaux à vapeur, pas de télégraphe, pas de débits de tabac ni de kiosques à journaux, peu ou point de routes empierrées, pas de « pays noir », beaucoup plus de bois et moins de cultures, et pas mal de landes sauvages; toutes les villes serrées dans leurs murailles, presque sans faubourg; Roubaix, Tourcoing, Armentières, Fourmies, Bailleul, Saint-Pierre, Lens, Estaires, n'existant qu'à l'état de village ; aucune station balnéaire sur la côte; de loin en loin des châteaux de noblesse, mais peu ou point de maisons de campagne...

Gommeux, mon jeune ami, te vois-tu, avec ton pantalon collant et ton col-cassé, tombant de la lune, en ce temps-là, quelque part aux environs de Saint-Pol-sur-Ternoise ou de Bergues-Saint-Winoc? Comment faire pour échapper aux quolibets et bernades des bonnes gens, qui t'auraient pris certainement pour un histrion « faiseux d' jeux », à moins qu'ils ne te prissent pour un sorcier, auquel cas je n'aurais pas donné quatre sous de ta peau parfumée ? Et comment t'y prendre pour gagner les parages civilisés d'Arras ou de Lille?

La gare? On ne comprend mie ce mot-là. Le train? Qu'est-ce que c'est que ça? Une voiture? Ça sert à rentrer les foins, et en fait de carrosse, on n'en a jamais vu qu'un seul par les chemins, celui de monseigneur le baron de Carabas, quand par hasard il vient habiter son domaine. Ah! oui, il y a la malle-poste et la patache, mais elles ne passent pas par ici; il faut aller prendre sa place au relai : c'est cinq ou six lieues à faire à pied, par des chemins de terre où l'on a des chances de passer à peu près entier, s'il n'a pas plu depuis longtemps et s'il n'y a dans les bois ni loups ni mauvais gars. En mettant les choses au mieux, tu arriverais probablement dans une paire de jours et dans un piteux équipage en vue de la Sainte-Chandelle ou de la tour Sainte-Catherine. Voilà, n'est-il pas vrai, qui ne ressemble guère au glissement doux et administratif des wagons capitonnés d'un train express?

Si vous le voulez bien, lecteur, supposons que vous arrivez à Lille, en l'an mil sept cent quatre-vingt-neuf, par la diligence de Paris. Après deux pleines journées de cahots, dans la boue ou dans la poussière, la lourde machine, emportée par ses six chevaux, traverse à grand fracas l'humble faubourg des Malades, franchit les ponts des fortifications, s'engouffre sous la voûte de la majestueuse Porte de

Paris et fait son entrée en ville au milieu d'une savante symphonie de fouet jouée par les postillons.

La diligence hospitalière,
L'intérieur plein, le cocher gris,
Dans un nuage de poussière
En deux jours nous vient de Paris.
On fait son testament la veille
Quand on s'en va le lendemain,
Et le voyageur s'émerveille
S'il ne crève pas en chemin...

Le cortège à grelots tourne à droite, enfile la rue du Dragon, et s'arrête devant la porte charretière du sieur Pétry, le « messager de Paris », dans la rue du Vieux - Marché - aux - Moutons, aussitôt entouré d'une foule de gens attendant voyageurs, paquets ou nouvelles. Les colis, tirés de dessous la bâche de cuir et lancés de l'impériale, s'empilent à côté du véhicule. On s'appelle, on s'interpelle, on se bouscule sur l'étroite chaussée, on s'injurie, on se gourme un brin, on s'embrasse beaucoup, pendant que le conducteur affairé rend ses comptes au patron et que les postillons à cadenettes, à gilet rouge et à grosses bottes dételent les bêtes, indifférents et goguenards.

Les godelureaux secouent leur manteau à pèlerine, époussètent leur chapeau à cornes que la poussière du voyage a couvert d'une couche grisâtre, et courent chez le barbier voisin rajuster leur queue ébouriffée, remettre un œil de poudre et se faire raser de frais. Ce barbier, c'est un certain Masse, un particulier agité et bavard, qu'une idée originale va rendre célèbre dans trois ans d'ici : c'est lui qui, à la fin du bombardement, fera d'un cul de bombe son plat à barbe et se mettra à raser en plein vent tous ceux qui voudront.

Les mêmes choses se passaient, à peu de variantes près, à l'arrivée des autres diligences, mais point dans la même rue, car les « messageries » différaient selon les directions.

Si, par exemple, vous veniez de Bruxelles-en-Brabant, d'Ostende, de Gand ou de Courtrai, ou bien encore de Saint-Omer, c'était dans la rue des Bouchers, chez le bonhomme Cousin, que le coche vous débarquait. Si vous arriviez de Tournai, la voiture s'arrêtait dans la rue de l'Abiette, chez le sieur Leclercq. Celle de Cambrai et Douai remisait chez Deledicque, à l'*hôtel de Normandie,* rue des Malades (rue de Paris actuelle) ; celle d'Orchies, Saint-Amand et Valenciennes, à l'*auberge de la Cloche,* tenue par le sieur Dambrine, sur la Petite-Place (où prit gîte plus tard, si je ne me trompe, Joseph Lebon, d'exécrable mémoire) ; celle de Dunkerque, à l'*hôtel des Mousquetaires,* rue Esquermoise, et celle de Béthune, à l'*hôtel de Portugal,* même rue, tenus tous deux par les frères Pacquet ; celle d'Ypres, chez Fremaut, à l'*hôtel du Cygne,* rue des Malades. Enfin, celle de Roubaix et Tour coing partait, chaque jour, de l'*auberge du Laboureur*, rue Saint-Maurice.

Si, par hasard, les départs tri-hebdomadaires (il n'y avait service quotidien que pour les localités voisines) ne coïncidaient pas avec vos besoins et que vous fussiez pressé, vous aviez la ressource de retenir une place dans la malle-poste ; mais comme ces places étaient en petit nombre — deux ou trois, quatre au plus, — il fallait vous y prendre d'avance ou bien fréter une berline pour vous seul, luxe extrême qui supposait une escarcelle plantureuse. Les gens qui avaient affaire à Douai bénéficiaient, il est vrai, d'une chance exceptionnelle : il leur était loisible de s'en aller, sur les sept heures, au rivage de la Haute-Deûle et de prendre place à bord du « coche d'eau » qui chaque matin franchissait sans naufrage les neuf lieues qui séparent les deux villes. Cette locomotion fluviale convenait aux petites bourses et aux esprits placides : elle ne coûtait que quelques patards, mais elle prenait onze heures entières. Les passagers devaient emporter avec eux les victuailles de leur dîner, car ils ne débarquaient chez Gayant qu'à six heures du soir.

Comparez ces petites habitudes-là avec les nôtres, nous qui, maintenant, trouvons trop lents à notre gré les trains en boulets de canon que vomit sans

relâche la gueule de notre gare, pour tous pays ! Eh
bien ! croyez-le, pour si popote qu'elle vous paraisse,
cette vie-là avait ses charmes. Elle n'était point en
tourbillon comme celle d'à présent ; elle se laissait
boire à petites gorgées, pour ainsi dire, et du moins
on en sentait le goût. Si elle avait de nombreuses
incommodités, elle avait aussi un imprévu et un
pittoresque que nous ne connaissons plus.

Les générations venues au jour depuis cinquante
ans ne savent rien des patriarcales coutumes d'avant
les chemins de fer ; elles ignorent les aventures émou-
vantes, drôles ou charmantes de ces lents voyages
en diligence, à travers les campagnes paisibles, les
imprévus des arrêts aux relais, les jouissances de
l'arrivée dans les bonnes vieilles hôtelleries de
petite ville, où l'hôte attendait le coche entouré des
flâneurs de l'endroit, saluait les voyageurs par leur
nom, connaissant leurs amis et leurs affaires, où
les gens et les choses étaient naturels et simple s
où l'on mangeait d'autres comestibles que des tri-
potages frelatés inscrits en mensonges pompeux
sur des menus dorés.

Moi, j'ai connu ces temps-là, comme je connais
celui d'aujourd'hui, puisque les habitudes n'ont
commencé à se modifier qu'aux environs de 1840,
et je peux faire une comparaison qui n'est pas toujours à l'avantage de celui-ci... Vous allez dire peut-
être que je radote comme tous les vieux, qui ne
manquent jamais de regretter leur jeunesse. A quoi
je pourrais répondre que je sais ce que je sais ; mais

j'aime mieux ne point insister. Ce qui est fini est fini ; le plus sage est de s'accommoder le mieux possible du présent, sauf à prier pour les trépassés.

Parlons plutôt de nos villes, si vous n'y voyez pas d'inconvénient. Il en est qui n'ont pas beaucoup changé : Saint-Omer, Cambrai, par exemple, et même Arras et Maubeuge et Le Quesnoy et Landrecies et Bouchain. Mais Lille, mais Boulogne, mais Calais, mais Dunkerque, mais Roubaix, Tourcoing, Armentières, ah ! mes enfants, que votre arrière-grand-père aurait de peine à s'y reconnaître, si le bon Dieu l'autorisait à s'absenter du Purgatoire pour revenir y passer un petit congé !

Pour peu que vous apparteniez à la réserve territoriale, lecteur bénévole, vous pouvez vous faire une idée de ce que la ville de Lille était, comme étendue, en l'année 1789. Les remparts qui l'enveloppaient en 1858, au moment de l'agrandissement, étaient ceux-là mêmes du haut desquels les «confrères de Madame sainte Barbe» avaient si crânement riposté aux batteries autrichiennes, en 1792. Leur physionomie n'avait point encore changé.

Depuis, des ingénieurs excessivement forts, mais qui n'étaient point artistes pour un liard, ni même archéologues, ont tracé et exécuté les plans d'agrandissement, découpé le nouveau territoire comme un cuisinier découpe une tarte, démoli à tort et à travers, au lieu de détruire le moins possible et d'utiliser les vieux remparts de Vauban pour en faire des promenades pittoresques et de tirer des vieilles portes historiées du xviie siècle des motifs de décoration originale. De sorte que les jeunes générations, venues en cet agréable monde depuis une trentaine d'années, ne peuvent plus se faire la moindre idée de l'aspect ni des limites de leur ville à l'époque de la terrible tragédie dont leurs arrière-grands-pères furent les acteurs.

C'est pourquoi je me vois obligé d'apprendre à cette belle jeunesse que les remparts du secteur ouest d'il y a cent ans, suivaient, à peu de différence près, une ligne représentée actuellement, à partir de la Noble-Tour, par la rue Boilly, le square du Réduit, la porte de Paris, les rues de Denain, Lydéric, Ovigneur, Jeanne-Maillotte, la place Richebé, la rue Gombert, le mur de fond de l'Hôpital Militaire, les squares Jussieu et Dutilleul, la rue Macquart et le square Daubenton, jusqu'au pont de pierre de la Citadelle, où s'élevait la porte de la Barre. De ce point, le rempart allait se souder en ligne oblique à celui de la Citadelle, laissant en dehors de l'enceinte les ouvrages dont on a fait le Bois de Boulogne.

A l'exception de la percée pratiquée pour la pénétration du chemin de fer en 1847 et de celle exécutée tout récemment pour la rectification de la Deûle, au Petit-Paradis, le reste de l'enceinte, c'est-à-dire les secteurs sud, est et nord, est resté tel que l'ont connu les miliciens des capitaines Ovigneur et Nicquet [*].

Les glacis étaient, à cette époque, dépourvus de tous chemins autres que les sentiers militaires. On les considérait comme les lieux écartés et exceptionnels, où, l'été, aux dimanches et fêtes carillonnées, les bonnes gens aimaient à aller parfois faire pique-nique, sur les gazons qu'ombrageaient de vieilles futaies, où les amoureux se promenaient volontiers parce qu'ils s'y ébattaient à l'aise, loin des yeux indiscrets; mais le brave père Vallon [**] n'y avait point encore pratiqué la « Promenade du préfet » et nul ne prévoyait encore qu'un jour viendrait où on en convertirait une partie en un joli « Bois de la Deûle ».

Si, par quelqu'une de ces autorisations spéciales dont la Providence se montre malheureusement si avare, un bon bourgeois de Lille, né aux alentours de 1750, revenait faire aujourd'hui un petit tour sur son ancienne planète, il est bien certain que les

---

[*] Cette partie des anciens remparts va disparaître à son tour, puisque l'on se dispose en ce moment à démolir ce qui reste du corps de place de Vauban pour reporter le mur d'enceinte à la limite des ouvrages extérieurs.

[**] Préfet du Nord de 1857 à 1865.

changements survenus dans le physique de sa ville
natale ne l'étonnerait pas moins que son embon-
point phénoménal.

Ce flâneur d'outre-tombe serait d'abord prodigieusement intrigué par les sifflets et les beuglements
qui s'échappent du long édifice aligné sur la place
de la Gare, là où se trouvait, de son vivant, le
superbe monastère de l'Abiette et ses vastes jardins,
le couvent des Bons-Fils et son église, et la rue
Sainte-Marie-Madeleine. Il prendrait probablement
la Gare pour un établissement zoologique, et les
trains pour des monstres antédiluviens ressuscités
par magie et logés dans cette étrange institution.

Ses yeux chercheraient en vain l'antique carrefour Comines, de topographie si curieuse avec ses
deux places réunies par des pertuis étroits, le marché au poisson, avec ses maisons historiées, le Trou
aux Anguilles, le passage des Halles et l'ancienne
Halle échevinale, devenue plus tard l'aristocratique
café Lalubie; la rue de la Gare, percée en 1869, a
effacé toute trace de ces vieux souvenirs.

Le Théâtre lui semblerait déshonoré et enlaidi :
de son temps, c'était un coquet monument avec
péristyle grec à colonnade libre; tandis que maintenant c'est un lourd pâté, difforme et sale.

— Postérité barbare et dégénérée ! gémirait-il. On a
vendu le chef-d'œuvre de Lequeux à quelque entrepreneur photographe !... Et les belles arcades de la
Bourse, où sont-elles, bonté céleste ?

— Eh ! mon pauvre bonhomme, lui répondrais-je,

l'incurie humaine les a envoyées rejoindre, au dépôt
des démolitions, le majestueux escalier Louis XIV
de la Grand' Garde.

— Et qu'est-ce que c'est que cette abominable
bâtisse, crasseuse et délabrée, que j'aperçois là-bas
à la place du Rihour?

— Ça, honorable spectre, c'est notre nouvel hôtel
de ville. Il n'est pas beau, c'est vrai ; mais il ne tient
plus ensemble, ce qui est une consolation...

— Pourquoi n'avoir pas reconstruit tout simplement l'ancien palais gothique?

— Vous demanderez cela à Benvignat *, quand
vous retournerez au Paradis.

— Que signifie cette quille de pierre au milieu de
la Grande-Place ?

— C'est le mémorial de 1792, que nous avons élevé
à votre gloire, illustre fantôme.

— Vous avez bien fait, mais vous avez diantre-
ment lésiné sur l'étoffe !

— Vous direz aussi cela à Benvignat.

— Tiens ! Je ne retrouve plus ni l'arcade de la
Nef, ni la rue de Tenremonde... Vous avez eu tort
de démolir ces vieilles maisons flamandes qui donnaient un caractère à notre ville.

— Oui, mais voyez, nous avons ouvert une large
rue qui a fait disparaître ces ruelles, ainsi que le
Marché au Verjus et son pressoir public : c'est la rue

---

* Architecte lillois, auteur du moderne hôtel de ville, du lycée et de la
colonne commémorative du siège.

Nationale. Elle ne brille pas par l'élégance de ses constructions, mais elle frappe par sa longueur. On y grille en été, on y gèle en hiver, mais ça ne fait rien : le vent chasse les microbes.

— Qu'appelez-vous microbes ?

-- Ce sont des petites bêtes, très méchantes, qui vous apportaient la peste et que vos apothicaires n'avaient jamais aperçues.

Je ferais volontiers observer aussi à mon bourgeois cent-cinquantenaire que nous avons inventé les trottoirs, qui permettent aux piétons de baguenauder ailleurs que sous les roues des camions, laquelle invention a conduit tout naturellement à supprimer les *burguets* ou portes de cave faisant saillie sur la voie publique, et à substituer deux rigoles d'écoulement au ruisseau unique qui promenait naguère sa vase et ses détritus au beau milieu de la chaussée.

La suppression de l'église Saint-Etienne a d'ailleurs contribué autant que la création de la rue Nationale, à changer l'aspect de la Grande-Place. N'étaient les dénominations des rues du *Curé* et des *Débris-Saint-Etienne*, la jeunesse d'à présent ne pourrait se douter que la doyenne des églises de Lille élevait, il y a cent ans, sa tour massive et ses pignons inégaux au coin de la rue Esquermoise, derrière la maison au *Soleil d'Or* (librairie Quarré). Le grand portail s'ouvrait en face de la *Brasserie Becker* actuelle ; les portails latéraux, au fond de deux impasses partant, l'une de la Place (maintenant rue des Débris), l'autre de la rue des Prêtres. Après l'incendie allumé par les boulets rouges des Impériaux, la vieille église resta à l'état de ruine pendant un certain temps ; puis, un jour, ses restes furent adjugés à un entrepreneur de démolition et son terrain vendu par parcelle à des particuliers. Il y a quelques années, lorsqu'on construsit la *Brasserie Universelle*, une découverte lugubre vint tout à coup réveiller le souvenir du vénérable édifice qui avait été témoin des origines mêmes de la cité. La pioche des terrassiers mit au jour d'innombrables squelettes superposés : c'étaient les ossements de ceux de nos ancêtres qui avaient été, selon la coutume d'alors, inhumés sous le dallage même de l'église. Des personnages d'importance, sans nul doute. On les jeta pêle-mêle dans des tombereaux pour les transporter dans une commune fosse creusée pour eux au cimetière. Si ceux-là n'ont pas pris la précaution de numéroter leurs os, ils auront de la peine à se présenter décemment à l'appel de Josaphat. Eclatante leçon de philosophie sur la fragilité des choses de ce monde !

La physionomie de la rue Esquermoise n'est pas moins changée que celle de la Grande-Place. Cette rue marchande, qui fut si longtemps l'orgueil des habitants de Lille et leur principale promenade d'hiver, n'avait guère de boutiques en 1789. Cinq ou six

tout au plus. Presque toutes ses maisons étaient
des hôtels particuliers, agrémentés de jardins. Il y
avait en outre plusieurs hôtelleries, entre autres celle
des Mousquetaires (maison Dubreuil). Au bord du
canal que couvre aujourd'hui la rue Thiers, l'imposant hôtel du Bureau des Finances allongeait ses
bâtiments cossus et son double portique à colonnes
(le dernier des deux sert maintenaut d'entrée à l'*Hôtel de France*) construits sous Louis XIV sur les
fondations du gothique palais de la Poterne, où avait
siégé la Chambre des Comptes, et dont le vaste
jardin s'étendait jusqu'à celui de l'Arsenal. De cet
Arsenal lui-même, il ne reste plus que le nom.

En ce temps-là, comme on peut s'en convaincre
par l'estampe représentant la *Fédération de 1790*,
l'Esplanade n'existait pas, non plus que le jardin qui
la précède, entre le pont de la Barre et celui du Ram-
poneau. Les terrains sur lesquels le préfet de Rému-
sat la fit planter en 1818 servaient de débarcadère
aux bélandres, qui déchargeaient là leurs cargaisons
de sables, de bois, de pavés et de charbons. En fait
de lieu propre à la promenade, il n'y avait guère que
la Motte-Madame, îlot gazonné, en forme de butte,
sur lequel on voyait encore les derniers vestiges
d'un château-fort, en lequel d'aucuns prétendaient
reconnaître le légendaire château du Buc. C'est là

que, de nos jours, s'élève — piano, piano, pianissimo — la future basilique de Notre-Dame de la Treille.

Tout auprès était le somptueux hôtel de Soubise, à travers lequel on a percé, il y a quelque quarante ans, la rue Masurel, et le couvent des Dominicains, qui occupait tout l'espace compris entre la Motte-Madame et la rue Basse, qui s'appelait de ce côté-là « rue des Dominicains ». Tout près aussi, mais à l'autre versant de la Motte, au delà de l'hospice Comtesse, dans la rue de la Monnaie, la fameuse collégiale de Saint-Pierre dressait ses tours et ses arceaux gothiques et étendait son cloître, habité par les chanoines et leurs élèves, depuis la rue Comtesse jusqu'à la « rue des Chanoines » (rue du Pont-Neuf). La Palais-de-Justice n'existait pas, bien entendu (il a été construit en 1842), non plus que la place du Concert, ni les Écoles académiques, ni le Conservatoire, ni les rues et maisons d'alentour.

La rue Saint-André s'appelait la « rue Saint-Pierre-Neuve » et était encore ornée à son entrée, à l'endroit où est maintenant le palais des Archives, des deux maîtresses tours de l'antique porte Saint-Pierre. A l'autre bout, près de la caserne, la vieille église Saint-André achevait de tomber en ruine, tandis que l'église actuelle de la rue Royale était encore la chapelle du grand couvent des Carmes-Chaussés, qui couvrait tout l'emplacement de la Caserne-Neuve. Cette même rue Royale s'appelait « rue des Bonnes-Filles », dans sa section qui joint la

rue Esquermoise, du nom d'un couvent qui occupait
la plus grande partie du massif de maisons vers les
rues d'Angleterre et Doudin.

Pour un motif analogue, la rue de l'Hôpital-
Militaire se nommait « rue des Jésuites » (le Jésu
lillois se composait de l'Hôpital et de l'église Saint-
Etienne actuels); la rue des Canonniers, « rue des
Vieux-Hommes » (le couvent des Urbanistes, qui
recevait les vieillards indigents, est devenu l'hôtel
des Canonniers) ; la rue des Arts, « rue des Récol-
lets » (le lycée est construit sur l'emplacement du
monastère); la rue des Fleurs, « rue des Sœurs-
Noires » (dont le couvent forme aujourd'hui l'hôtel
Crespel) ; la rue de Thionville, « rue des Carmes »
(qui avaient le leur entre cette rue, la place de Gand
et le rempart). Les Augustins possédaient, eux aussi,
un vaste couvent au coin de la rue qui porte encore
leur nom et celle du Marché-aux-Moutons ; les Capucins avaient le leur sur l'emplacement de la Salpê-
trerie, entre la rue des Capucins et la rue des Bour-
loires, près de la rue des Malades (rue de Paris); les
Célestines, les Capucines, les Pénitentes, les Annon-
ciades, avaient leurs maisons rue du Gard, rue de
Gand (qui s'appelait alors « rue de la Madeleine »)
et rue des Jardins.

Je ne cite que les principaux, car il y en avait
bien d'autres encore, sans parler des *refuges* ou
hôtels particuliers que chacune des abbayes des
environs possédait en ville, pour s'y retirer en cas
de guerre : refuge de l'abbaye de Loos (actuellement

maison Descamps, rue J.-J.-Rousseau), de l'abbaye de Phalempin (maison E. et P. Sée, rue d'Amiens), de l'abbaye de Cysoing (maison Boniface, rue de Paris), etc., etc.

L'existence de ces nombreuses maisons monastiques, la rareté relative des tavernes et des boutiques (dont aucune n'avait de vitrines à étalage, comme nous en voyons à présent), les sculptures qui ornaient les fenêtres de presque toutes les habitations, le réseau de canaux auxquels les puisards plantés formaient presque partout une double bordure de jardinets, tout cela donnait à la ville de Lille un aspect aisé, propret, tranquille, un peu claustral, semblable à celui des villes de Hollande, et bien différent de son aspect actuel.

Le défaut à peu près complet de promenades publiques et de lieux de plaisir explique la vogue extrême qui accueillit, à cette époque, la création du Colisée, construit à grands frais, en 1787, par l'architecte François Verly, sur l'initiative du prince de Soubise, gouverneur des Flandres. On sait que le Colisée couvrait de ses constructions élégantes et de ses parcs magnifiques un espace immense compris entre la route de Dunkerque, la rive gauche de la Deûle et les glacis de la Citadelle (le château Groulois en contient encore des vestiges). En 1789, la prospérité du Colisée battait son plein, toutes les familles ayant quelque bien le fréquentaient régulièrement... Vos arrière-grand'mères et arrière-grand'tantes y ont consciencieusement dansé le menuet et la gavotte, mes bons amis, et vos bisaïeux... Hum ! si les arbres avaient des langues... vous m'entendez bien.

Vos bisaïeux étaient d'ailleurs gens de bel esprit et de bonnes façons, qui aimaient à être administrés par des personnes de distinction. Leur *rewart* était M. Jacques Denis, seigneur du Péage, demeurant rue des Chanoines; leur *mayeur*, M. Huvinot, seigneur de Bourghelles, demeurant rue de la Barre; et leurs onze autres *échevins*, MM. de Fourmestreaux, Libert de Beaumont, Cardon du Brocquart, O'Doyer, écuyers ; Danglars, Brousse de Blécourt, Depierre, chevaliers de Saint-Louis ; Vanderveken, Lenglart, de Savary et de Berckem. Les *conseillers* et *voir-jurés* étaient : MM. Dehau, Lagache, de Druez, Empis, Aronio, Vandercruisse de Waziers, de Surmont de Bersée, Francquet d'Hochet, Bonnier de Levigne, de Waresquiel, Poulle de Gossin; les *prud'hommes*, MM. Beaussier, Boucher, Maracci, Bonnier de Layens, Godtschalck de Baisieux, de Vicq de la Motte, Baillon, Van Zeller; les *gard'orphènes*, MM. Couvreur, avocat et notaire; Scrive, avocat; Dumortier, libraire; Fauvel de Piquenne, avocat; Cuvelier, avocat; et les *appaiseurs*, MM. Leroy, Lerouge, Cambier et Lefebvre. Ces honorables magistrats siégeaient par roulement de quin-

zaine, assistés de deux des *officiers* suivants : MM.
Lespagnol de Grimbry, conseiller des Etats, premier conseiller-pensionnaire de la ville, demeurant
place de Rihour ; Duchasteau de Willermont, pro-
cureur du roi. syndic de la ville, rue des Malades ;
de Madre des Oursins, conseiller-pensionnaire de la
ville, rue des Tours ; Leroy, licencié ès-loix, greffier
civil : Demasur, conseiller-pensionnaire, rue de la
Barre ; Duquesne de Surparcq, licencié, greffier cri-
minel.

Messieurs du Magistrat se divisaient en « com-
missions » permanentes, dont chacune avait des
attributions déterminées : les unes connaissaient
des « feux de méchef », les autres des vins, d'autres
des lieux de santé, des essais au pain, ou des
sceaux, des halles, des teintures, des rivages, des
caves, des logements, du nettoiement des rues, des
foires, des travaux, des finances, des écoles, etc. En
outre, chacun des membres du Magistrat était chef
d'un quartier de paroisse, assisté d'un « adjoint ».
Et je me permets de penser que cette organisation
valait bien celle d'à présent.

La municipalité dont je viens de vous citer les
membres était, comme vous voyez, fort proprement
composée. Celle qui lui succéda et qui s'est illustrée
devant l'histoire par la fière contenance dont témoi-
gne la « quille » de la Grande-Place l'était très
dignement aussi, bien que, par suite du vent de
libéralisme qui soufflait alors, elle fut beaucoup
moins titrée.

La plupart de ces noms ont aujourd'hui disparu : vous les chercheriez en vain sur l'*Annuaire des adresses de Lille et de son arrondissement,* du vieux Ravet-Anceau. De ces familles, les unes sont éteintes, les autres ont été dispersées par les événements. Tout passe, tout lasse, tout casse, comme dit la divine Sarah.

Quand j'aurai ajouté que le service de la poste, comme celui des voyageurs, s'effectuait par voitures attelées, qui partaient chaque jour, le dimanche excepté, de la « porte ouvrante », à trois heures de relevée, selon les directions ; que l'on prisait beaucoup, si l'on ne fumait guère ; que les régiments avaient des noms ronflants, tels que Royal-Flandre, Royal-Picardie, Colonel-Général, etc. ; que les soldats étaient en petit nombre, mais supérieurement costumés ; que le louis d'or valait dix-neuf florins et quatre patards, et l'écu de six livres, quatre florins seize patards, je vous aurai dégoisé à peu près tout ce que j'ai appris par ouï dire quand j'étais petit, à cheval sur la culotte de ratine de mon grand-oncle, — ce n'est pas avant-hier, je vous prie de le croire.

Et lorsque la demi-douzaine de contemporains qui me restent encore sur le pavé de la ville de Lille aura cassé sa pipe, comme on dit dans la haute société, et que j'aurai moi-même dévissé mon billard, nul ne se souviendra de ces choses et nul ne s'en souciera plus.

Les générations nouvelles auront bien d'autres idées : elles s'ingénieront à haussmanniser à nouveau l'agglomération de Lille, Roubaix, Tourcoing, Loos et Haubourdin, qui ne formera plus qu'une seule énorme ville, et probablement à la métamorphoser en un port de mer. Si la Providence, en ces temps-là, daigne me favoriser d'un permis de circulation macabre, analogue à celui dont je parlais tout à l'heure, je l'accepterai avec une sincère reconnaissance, et je m'empresserai de venir voir si les Lillois de 1989 sont mieux portants et plus heureux que ceux d'il y a cent ans et que ceux de ce jour. Je le souhaite profondément — et j'en doute de même.

FIN

TABLE

TABLE

Préface à la mémoire d'Achille Testelin.

I..... Le banquet de la réforme 4

II .... Une glorieuse en province. 11

III ... Les groupes populaires. 22

IV.... La bataille de Risquons-Tout 26

V. ... L'Arbre de la Liberté. 39

VI.... Bourrasques en mai, tempête en juin . . 52

VII... Le coup d'État et la conspiration de la
         citadelle. 67

VIII.. L'attentat de Pérenchies 76

IX ... Les dernières rafles 88

X .... Il y a vingt ans. 99

XI ... Les mois terribles. 105

XII... La débâcle. 115

XIII.. Six feuillets de mes tablettes 123

XIV.. Nos gens en campagne. 130

XV... L'apothéose. 141

XVI.. Il y a cent ans 182

EXTRAIT DU CATALOGUE

DE LA

LIBRAIRIE CENTRALE

8, GRANDE-PLACE, A LILLE

CATALOGUE ILLUSTRÉ

DU

SALON DE 1892

Seul Catalogue illustré vendu au Salon

ET RENFERMANT

LA LISTE OFFICIELLE DES ŒUVRES EXPOSÉES

1 vol. broché **3ᶠ 50**, net **3ᶠ 15**
relié **5ᶠ**, net **4ᶠ 50**

La Censure sous Napoléon III

AVEC PRÉFACE DE ED. DE GONCOURT

1 vol., **3ᶠ 50**, net **2ᶠ 85**

C. MENDÈS

POÉSIES

Tome 1ᵉʳ, 1 volume, **3ᶠ 50**, net **2ᶠ 85**

F.-V. RASPAIL

MANUEL-ANNUAIRE DE LA SANTÉ

pour 1892

1 volume, **1** fr. **50**, net **1** fr. **35**

CH. YRIARTE

FIGARO-SALON 1892

1 beau vol. in-f° avec carton emboîtage

TOILE VERT D'EAU, IMPRESSION EN OR AVEC TITRES ET TABLE

NET **14** FR. **50**

Franco par la poste 15 fr. 50

ŒUVRES COMPLÈTES DE PIERRE LOTI

Au Maroc.	Le Mariage de Loti.
Aziyadé.	Le Roman d'un Spahi.
Fleurs d'ennui.	Mon frère Yves.
Le Roman d'un enfant.	Pêcheurs d'Islande.
Japoneries d'automne.	Propos d'exil.
Le Livre de la Pitié et de la Mort.	Fantôme d'Orient.

Prix du volume, **3**f **50**, *net* **2**f **85**, *par la poste* **3**f **30**

MADAME CHRYSANTHÈME

1 beau vol. gr. in-8, illustré d'aquarelles par ROSSI & MYRBACH

Broché **15** *fr., net* **13**f **50**; *relié* **20** *fr., net* **18** *fr.*

LOIS
REGLEMENTS & JURISPRUDENCE
DES DOUANES
SUIVIS DE NOTES ANALYTIQUES
Une brochure in-4°, **7** francs

LA
CHIMIE AMUSANTE
Expériences mises à la portée de tous
PAR F. FAIDEAU
Très beau volume illustré de 200 gravures, **12** fr.

LE CRIME POLITIQUE
ET LES RÉVOLUTIONS
Par C. LOMBROSO et R. LASCHI

2 vol. in-8 illustrés, avec six planches hors texte, dont une contenant les portraits des révolutionnaires et criminels politiques mathoïdes et fous moraux. Prix **15** francs, net **13** fr. **50**.

LE CAPITAL
LA SPÉCULATION ET LA FINANCE
Par CLAUDIO JANNET
1 vol. in-8, **8** fr., net **7** fr. **20**; par la poste, **7** fr. **60**

LE
SOCIALISME CONTEMPORAIN

Par E. de Laveleye

1 vol. in-18, **3** fr. **50**, net **2** fr. **85** ; par la poste, **3** fr. **30**

CODE

DE

L'ORGANISATION MUNICIPALE

comprenant le texte de la Loi du 5 Avril 1884

A L'USAGE

**des Maires, Adjoints, Conseillers municipaux,
Secrétaires de mairie, Électeurs, Contribuables,
etc., etc.**

1 volume, 50 centimes.

L'AVOCAT DES COMMUNES

ET DES

ADMINISTRÉS DE LA COMMUNE

Par A. MAUGRAS, avocat-publiciste

1 vol. in-8, 4 francs.

VOLUMES

à 3 fr. 50, net 2 fr. 85; par la poste, 3 fr. 30

OCTAVE FEUILLET. . . . *Théâtre complet*, t. Ier paru.

LUDOVIC HALÉVY . . . . *Karikari*, 1 vol.

GYP . . . . *Ces bons Docteurs*, 1 vol.

— . . . . *Mariage civil*, 1 vol.

PONSEVREZ . . . . *L'Assassin malgré lui*, 1 vol.

LEROY-BEAULIEU . . . . *La Papauté, le Socialisme et la Démocratie*, 1 vol.

GUY DE BRÉMOND D'ARS. *Les Temps prochains, la Guerre, la Femme, etc.*, 1 v.

J. CLARETIE. . . . . . . *L'Américaine*.

A. DAUDET . . . . *Rose et Ninette*.

C. MENDÈS . . . . *Poésies*.

RENÉ MAIZEROY . . . . *Cas passionnels*.

FERDINAND FABRE . . . *Sylviane*.

VOLUMES

à 7 fr. 50, net 6 fr. 75; par la poste, 7 fr. 35

E. RENAN. . . . . *Feuilles détachées*.

PRINCE DE TALLEYRAND. *Mémoires*, t. V et dernier.

DUC D'AUMALE . . . . . *Histoire des princes de Condé*, tome VI.

COMTE DE COSNAC. . . . *Mazarin et Colbert*, 2 vol.

DU MÊME AUTEUR :

Tablettes d'un Bourgeois, 1 volume.

De Flandre en Navarre, 1 volume.

Zigzags en France, 1 volume.

Spada-la-Rapière, 1 volume.

Les Contes flamands (170 dessins de Just).

Les Gens de la vieille roche, 1 volume.

La Ville en feu, 1 volume.

Van Brabant & Cie, 1 volume.

DUBAR & CIE - IMP. LILLE.